기적속에 살아온

두 번째 인생

이재주의 수필집

기적속에 살아온

두 번째 인생

이재주의 수필집

진달래 출판사

두 번째 인생

인　　쇄 : 2025년 6월 6일 초판 1쇄
발　　행 : 2025년 6월 16일 초판 1쇄
지은이 : 이재주
펴낸이 : 오태영
출판사 : 진달래
신고 번호 : 제25100-2020-000085호
신고 일자 : 2020.10.29
주　　소 : 서울시 구로구 부일로 985, 101호
전　　화 : 02-2688-1561
팩　　스 : 0504-200-1561
이메일 : 5morning@naver.com
인쇄소 : ㈜부건애드(성남시 수정구)

값 : 12,000원
ISBN : 979-11-93760-25-3(03810)

차   례

펜을 들며

인간의 마음에는 누구에게나 탐욕이 존재한다. 내 삶이 그랬고, 다른 사람들의 모습에서도 쉽게 발견된다. 나이가 들어 칠순이 되니 다른 이들처럼 지난날을 회상하며 회고록 형식의 글을 남기고 싶은 생각이 떠올랐다.

하지만, 막상 펜을 들고 보니, 자신감이 없어졌다. 글을 쓸 줄 몰라서가 아니라, 정직하지 못했고 지혜롭지 못한 삶을 살았던 기억들이 펜을 잡은 내 손의 힘을 빼버렸다.

수많은 세월을 의미 없이 흘려보냈고, 어떤 때는 양심의 가책조차 느끼지 못하고 잘못을 저질렀다. 생각 없이 살아온 젊은 날들은, 현명한 판단을 하지 못한 무지와 무식에서 비롯되었다. 배울 수 있었던 기회, 재물을 얻을 수 있었던 기회, 어리석은 삶에서 벗어날 수 있었던 기회까지 모두 날려버리고 말았다.

누구에게도 본이 될 만한 삶을 살지 못했기에 이런 글을 공개하는 것조차, 자기 자랑이 아닐까 하는 고민의 시간이 있었다. 다만, 흘러간 세월 속에 겪었던 몇 가지 사연들을 詩的으로 표현하고자 했을 뿐이다. 어쩌면, 살아오면서 책을 멀리하고 숙고를 배우지 못한 추한 모습을 진솔하게 드러내고 싶은 생각에서 펜을 들게 되었다고 본다.

2025. 6월에

이재주

성터에서

어디서 보아도 들어도 정겨운 그 이름 판암동, 자작바위라는 아랫동네의 이름을 따서 그렇게 명명되었다. 대전에서 가장 높은 식장산이 있고, 북쪽 맞은편의 가파른 산이 성재산이다.

사진 1 멀리서 바라본 오늘의 식장산

성이 있다고 하여 산 아래, 마을 이름도 성재이다. 널리 알려지지 않았지만 계족산성에서 시작된 산맥의 동쪽 끝자락에 있는 성이며, 지금은 성터만 남아있다.

사진 2 성터의 흔적

태어나면서 바라보게 된 두 산의 품에서 나는 뛰어놀고 추억을 쌓았다. 열차를 타고 그냥 지나칠 수도 있는 이곳은 천년의 역사이래, 수많은 피 흘림이 있었다.

정상에는 그 옛날 백제가 쌓았던 성터가 남아있어, 주위를 돌다 보면 무너진 돌 틈에서 죽어간 영혼들의 부르짖음이 들리는 것 같다.

책상 크기의 돌들을 옛날 선조들은 어떻게 가져와 쌓았을까. 가파른 산비탈인데 신라의 병사들은 어떻게 이 성을 무너뜨렸을까.

여기저기 피어나는 할미꽃들이 그 자리에 녹아든 사람들의 비목처럼 보인다. 쪼그리고 앉아 옛날의 흔적을 찾아본다. 눈에 띄는 총탄과 계급장이 있다. 총탄은 미군 것이고 계급장은 인민군 것이다.

이 산성에서 흘린 피 때문일까, 군데군데 피어난 철쭉은 더

진홍빛이다. 그 옛날 아버지와 함께했던 작은 바위에 앉아 눈을 감아 본다.

'아들아' 하시며 금방 나타나실 것 같은데, 또 한 송이의 할미꽃이 되셨나 보다.

저 만큼에 꽂아놓은 빛바랜 작은 팻말이 이곳이 성터였음을 알려 주지만, 좀 더 자세한 이야기가 아쉽기만 하다.

진달래꽃을 따 먹으며 뛰놀던 곳이었는데, 흐르는 세월 속에 전쟁터와 놀이터가 되었던 이곳, 잔디에 파묻혀버린 수많은 발자국, 그리고 골짜기 건너 식장산까지 메아리쳤을 함성. 숨바꼭질하며 오르내렸던 토끼 바위, 여우 바위, 투구 바위가 지금은 왜 이리 작아진 것일까.

산 아래, 포도밭 한가운데 작은 교회와 종탑, 새벽에 울려 퍼지는 교회의 종소리는 억겁의 세월 속에 이곳에서 태어나고 살아가며 잠든 영혼들을 일깨웠다. 싸리꽃의 향기가 성터 주변에 맴도는 5월이 되면, 이곳은 교회의 봄 소풍 장소가 되어 꽃 예배를 드리며 모두 즐거워했다. 「참 아름다워라, 주님의 세계는」 함께 노래 부르던 사람들은 이제 보이지 않는데, 그때와 여전한 꽃향기만이 스산한 바람에 실려 잊었던 이야기를 다시 들려주는 것 같다.

○ 이 글의 배경

1960년대 초중반을 회상하며 쓴 글이다. 국민학교 시절 뒷산의 성터는 나의 놀이터였다. 당시에는 산에 큰 나무가 없었고 산 아래에서 보면 무너진 성터와 사람이 돌아다니는 것이 보일 정도였다.

조상 대대로 이곳이 백제가 쌓은 성터라고 전해온 곳인데, 최근 역사를 정확히 모르는 세대들이 이곳이 신라의 성터라고 말하는 것을 보면 안타깝기만 하다. 전략적 요충지였던 이곳은 어느 방향에서 올라와도 가파른 경사면을 이루고 있어, 공략하기 힘든 곳이었기 때문에 희생이 많았을 것이다.

이 성터의 역사는 학교가 아닌 조상들로부터 전해 내려오는 구전을 통해 배웠다. 부모님들은 일제 강점기와 6·25전쟁 당시 역사를 직접 목격했기 때문에 실감 나는 이야기를 많이 들려주셨다.

오랜 세월이 지나 들었던 이야기들이 많이 잊혀졌다. 어린 시절, 그저 배고프면 진달래꽃이나 아카시아꽃으로 배를 채우려 했던 국민학교 3학년까지의 기억을 떠올려 보았다. 늘, 가슴속에 적혀있던 내용을 최근에 와서야 원고지에 옮기게 되었다. (2025. 4. 30)

포도와의 대화

나는 포도에 미쳤다. 그냥 좋다. 평생 달콤한 그 향기를 쫓아다녔다. 국민학교 시절, 겨울방학이면 온 동네가 포도나무 껍질을 벗기는 일로 분주했다. 벗기는 만큼, 용돈이 생기는데 속살이 드러나지 않도록 겉껍질만 벗기는 작업이 쉽지만은 않다.

사진 5 10년 전 현장 사진

껍질이 벗겨진 나무는 알몸이 되어 살색을 띈다. 맹추위에 그냥 두었으면 나무에 좋을 텐데, 벗겨야 한다니 어쩔 수 없다. 2월이 되면 지난해 열매를 맺었던 가지들을 잘라내야 한다. 잘라낸 가지는 땔감도 되지만, 자치기 같은 놀이기구를 만들기도 했다.

내가 세 살쯤 되었을까 기억이 시작될 때부터 우리 집은 포도밭 한가운데 있었다. 그 속에서 그렇게 수십 년의 세월이 지났다.

내가 청년이 되었을 때, 아버지께서 하시던 일을 내가 하게 되었다. 포도밭에 관한 사계절 각각의 모습을 통해 자연스레 흥미를 느끼며 깊은 관심을 품게 되었다

겨울철의 포도나무는 겉보기엔 말라버린 것 같은데 잘린 단면은 싱싱하기만 하다. 3월이 되니 가지 끝에서 물이 흐른다. 뿌리가 활동을 시작했음을 나타낸다. 포근한 봄바람이 불어올 즘이면, 작은 꽃눈이 부풀어 올라 성냥개비 모양이 된다. 봄비가 촉촉이 내려, 온 밭을 적시면 손톱만 한 잎과 함께 작은 열매를 내민다.

이보다 더 귀여운 녀석이 또 있을까, 두 손을 모으고 하늘을 향해 감사기도를 드린다.

이곳에서 춤을 추며 감사의 노래를 불렀을 뿐인데 올해도 또, 열매를 주셨다.

4월의 밤은 아직도 길다. 아침에 일어나 단숨에 밭으로 달려간다. 작은 잎에 송글송글 매달린 이슬의 차가움에 밤새 얼마나 떨었을까. 어린아이 손을 만지듯이 여린 잎의 촉감을 느끼며, 심술궂은 봄바람에 새순이 떨어질까 봐 애를 태운다.

내가 잠든 사이에도 쑥쑥 자라서 내일이면 넝쿨손이 생길 것이다.

5월이 되면 포도밭이 녹색 천지가 된다. 손바닥만큼이나 커져 버린 푸른 잎 속에서 초롱초롱 매달린 녀석들이 숨었다 나왔다 숨바꼭질한다. 아직은 5센티도 안 되지만 열매는 제법 포도 모양을 띠고 있다. 작년처럼 이달 하순이면 하얀 꽃이 만발할 것이다.

포도 꽃향기는 포도 향기와는 전혀 다르다. 흔한 향이 아니기에 직접 느껴보지 않고는 어떻게 설명할 수도 없다. 커다란 풍선에 이 향기를 담아 둘 수는 없는 것일까.

여름이 되어 삼복더위 폭염 속에서 포도밭을 거닐다 보면, 손을 흔들 듯이 살랑살랑 나를 반겨주고, 잎의 부채질이 나를 시원케 하니, 어깨의 피로가 절로 사라지는 듯하다. 어느새, 한 뼘이나 커져 버린 싱그러운 송이를 볼 때, 내 마음도 부풀어 올라 열매를 내게 보내주신 이를 떠올려 본다.

이렇게 예쁜 얼굴이 햇볕에 그을릴까 걱정되어 한 송이 한 송이, 잎으로 송이를 가려주다 보면 포도밭은 녹색과 검붉은 색이 어우러져, 한 폭의 그림으로 변하게 된다.

　제발, 올해는 태풍과 장마가 비켜 가길 바라지만, 어디선가 나타난 먹구름 한 조각에 마음이 무거워지고, 퍼붓는 소나기를 막아줄 수 없어 안타깝기만 하다. 일주일이 멀다 하고 쏟아지는 폭우와 온 밭을 날리려고 불어대는 강풍을 잘 이겨야 할 텐데, 하며 걱정의 시간을 보낸다.

　8월이 되니 무더위가 몰려왔다. 가만히 서 있기만 해도 얼굴에 땀이 주르르 흐른다. 그래도 행복하다. 밭고랑을 뛰어다니며 열매를 쓰다듬고 푸른 잎에 입맞추다 보면, 이 끝에서 저 끝까지 나를 향해 고맙다는 듯, 잎을 흔들어대는 모습에 뿌듯함을 느낀다.

　해마다 8월 15일을 정점으로, 무더위가 지나고 아침저녁 선선한 바람이 불어올 때, 알알이 검붉게 물들어가는 모습은 새색시의 수줍은 얼굴이 된다. 수십 년을 만나왔는데 왜, 부끄러워하는지 모르겠다. 어젯밤 창문을 열어놓고 잠이 들었나 보다. 까치가 울어대는 소리에 일어나 창밖을 보니 어느새 달콤한 향기가 방안까지 가득 채워졌다.

　어제처럼 또, 뛰어나갔다. 눈을 감고 크게 들이쉬며 달콤한 향기를 가슴에 채우고 또 채운다.

　내가 그림을 그리는 화가라면, 이 향기를 멋지게 그릴 텐데. 아마도 그 모습은 아침의 안개 모양이 되겠지만 말이다. 이 계절에 느끼는 행복감은 아무도 모를 것이다.

　그렇다, 8월이 되면 술에 취한 사람처럼 난 비틀거릴 수밖에 없다. 넘어져도 좋다. 눈을 감고 입을 벌리며 달리고 싶은 충동을 느낀다, 난 정말, 미친 것일까.

누가 보든 말든 춤을 추고 싶다. 그저, 내 몸이 움직여지는 대로 춤을 출 것이다. 머릿속의 장단에 손짓·발짓을 하다 보면 온몸에 땀이 흐른다. 헝클어진 머리와 낡은 운동화, 그리고 땀내 나는 셔츠가 내 모습이다. 내 꼴이야 어찌 됐든, 이곳에서 온종일 콧노래를 부르며 머물고 싶다.

초가을, 푸르던 잎이 점점 황금색으로 변해갈 즈음, 주렁주렁 매달린 송이가 까맣게 물들면, 나뭇잎 사이에 감춰진 탐스러운 보물들을 나는 사람들에게 자랑할 것이다.

고맙다, 애들아, 나는 너를 사랑했고 넌 나에게 기쁨을 주는구나. 감정도, 소리도 없지만, 향기로 사람을 기쁘게 해준다. 이렇게 아름다운 결실을 내게 보여주는 것은, 아마도 악취와 미련함뿐인 나를 깨닫게 하시려고 그러시나 보다.

해마다 그랬던 것처럼, 올해도 풍성한 수확을 주시고, 모든 과정에서 행복을 느끼게 하시는 하나님을 향하여 감사의 노래를 부른다.

○ 이 글의 배경 설명

평생을 포도와의 인연 속에 살아온 모습을 짧은 글로 다 표현할 수 없지만, 다른 사람보다 더 많은 애정을 품고 포도를 대했던 것은 숨길 수 없는 사실이다.

어린 시절은 판암동에서, 청년 시절은 산내에서, 30대 후반부터 지금까지는 학산에서 포도와 함께 지내고 있다.

시대에 따라 함께했던 품종도 각각 달랐기 때문에, 나름대로 나무의 성향도 맛도 향기까지 다 달랐다. 60년대에서 70년대까지는 우리나라에서 가장 흔했던 캠벨어리였고, 90년대에는 당도와 맛이 뛰어난 세리단, 그리고 2010년부터는 마스캇트 베리에이, 일명 머루 포도를 재배했다. 소비자들의 선호도에 따라 2020년부터는 샤인 머스캣을 경작하고 있다.

오랜 세월 몸담았다 하여, 포도에 관한 연구논문이나 다른 사람들에게 보여줄 특별한 기술은 없고, 그저 포도를 보면, 행복하고, 즐거웠고, 수확이 많으면 많은 대로, 적으면 적은 대로 감사하며 살아가고 있다. (2025. 5. 9)

소생

1. 부름

어느 날 갑자기 찾아온 손님,
부르지도 않았는데 벌써 문 앞에 서 있다
준비도 안 되었는데 그는 나를 재촉했다.

스물여섯, 청년이 쓰러졌다. 너무 젊지 않은가.
다시 일어날 희망은 제로가 되었다.
받아들일 수 없는 현실에 분노가 솟구친다.

많은 사람 중에 왜, 내가 지목된 것인가.
해야 할 일, 하고 싶은 일이 아직 많은데
시꺼멓게 변해가는 얼굴은 타인의 모습이다.

물 한 모금 마실 수 없어 벽에 기대앉아있다.
극심한 피로와 황달, 밤낮 쏟아졌던 코피의
경고가 있었지만 난 깨닫지 못했었다.

자꾸만 의식이 사라지는 것이 두렵다.
힘이 없어도 눕지 않으려 애를 써 본다.
저 주전자의 물을 마셔본 게 언제였던가.

성냥개비를 꺾어 눈꺼풀에 고여 본다.
눈이 떠져 있는데도 의식은 자꾸만 사라져 간다.
거미줄이라도 붙잡으려 애써보지만
쥐어지는 것은 아무것도 없다.

머릿속을 채웠던 생각들이
손을 흔들며 하나씩 멀어져 간다.
그저, 미동의 호흡으로 그 시간을 기다릴 뿐이다.
73년 3월, 나는 보았다. 꽃다운 나이에 쓰러진 친구와
이런 모습으로 헤어졌기 때문이다.

대학병원 303호실, 친구의 병실에 문병 갔던 일로
떠나기 전까지 나를 고마워했다고 한다.
친구를 보낸 후, 너무 괴로웠다. 천 원이나 있었는데
문병을 하러 가면서 700원어치의 과일을 샀기 때문이었다.

이제 남아있는 시간이 얼마나 될까, 또렷이 보이던
천정의 꽃무늬 벽지는 어디론가 사라지고,
희미한 전등 불빛만이 아른거린다.

며칠이 남았을까 하는 생각은 너무 큰 기대일까.
어쩌다 의식이 돌아와도 눈뜰 힘조차 없다.
이제 육체에 남은 것은 청각뿐이고 손가락 끝 하나,
움직일 수 없다.
내 귀에 들릴까, 소곤소곤 하지만
가족들의 한숨, 창밖의 바람 소리는 여전하다.

아내에게, 귀여운 아들에게 사랑한단 말을
왜, 좀 더 하지 못했을까.

매일, 불평만 하느라 심장이 뛰는 것에 대해
감사하지 못하였다.
내 곁을 스쳐 지나간 많은 인연에 관하여
그 소중함도 깨닫지 못하였다.

내 의식은 거기서 멈추었다. 잠시 후면
친구가 묻혀있는 뒷산 골짜기 어디쯤,
타인이 마련해준 곳이 새 주소가 될 것이다.
죽음이란 잠을 자는 것이다. 영원히 깨지 않는 잠 말이다.

2. 사후의 세계

어디인지 모르지만, 사람들이 많이 몰려드는 장소가 보였
고, 그들 대부분이 빈손이었지만, 성경을 들고 있는 사람도
보였다.
　모두의 공통점은 전혀 준비 없이 갑자기 불려왔다는 것이
었다. 난 그저, 밀려오는 사람들 틈에서 내 차례를 기다릴 뿐
이었다.
　이윽고, 도착한 곳에는 어마어마한 크기의 예배장소가 보였
고, 그곳의 사람들 모두 예배준비에 분주히 움직였다.
　특이한 것은, 그곳에서 더 높은 곳으로 연결된 사다리가 보
였다. 그 끝은 하늘에 연결되어 있었고 올라오라는 음성이

들렸다.

누군가 나를 이끌어 어느 장소에 도착했다. 거기에는 제사 음식이 놓인 더러운 제사상이 보였다. 돼지머리도 있었고, 너무 지저분했다.

나를 데려온 자가 말했다.

"이것이 네가 드렸던 예배의 모습이다." 그 소리를 들은 나는, 할 말을 잃어버리고 말았다. 충격은 그뿐이 아니었다.

그동안 내가 좋아 가까이했던 사람들의 모습이 보였는데, 머리 양쪽에 뿔이 돋아나 있는 흉측한 모습이었다.

모든 게 부정할 수 없는 사실이었지만, 나는 너무도 큰 충격과 부끄러움에 얼굴을 감싸며 "이건, 아니야." 연신 외치며, 그 높은 곳에서 뛰어 내려왔다.

3. 기적

꿈이었는지 환상이었는지 모른다. 하지만 너무도 또렷했다. 내가 의식이 있는 상태에서 본 것인지, 죽어서 본 것인지 그것도 아니라면, 어느 중간지점에서 본 것인지 알 수 없었다.

시간에 대한 감각이 느껴지지 않는 곳, 나는 존재하지만, 나를 볼 수 없는 곳, 한 조각구름 같이, 육체의 무게마저 전혀 느껴지지 않았다.

다만, 더러운 예배를 드렸다는 충격으로 헐떡이고 있음은 분명했다.

그 시점으로부터 얼마의 시간이 흘렀는지 모른다. 세상에서의 모든 흔적이 지워져 가던 그때, 죽어가는 자식을 차마 볼 수 없던 어머니는 "나를 죽이고, 내 자식을 살려 달라." 밤 낮 부르짖고 계셨다.

하늘까지 울려 퍼진 어머니의 울부짖음을 들으시고 하나님 이 나를 일으키셨다.

누가 나를 다시 데리고 온 것도 아니고 그냥, 죽음의 상태 에서 눈이 다시 떠진 것이었다. 일어나 거울을 볼 수는 없었 지만, 내 몸이 시체와 다름없음을 느낌으로 알 수 있었다.

사람들은 신이 있다, 없다 떠들지만, 죽었다 살아난 나를 보 면서도 그분의 존재를 믿지 않는다면 결국, 자신이 원하지 않는 곳으로 가게 될 것이다. 죽음의 길에서 돌아오게 된 사 실을 어떻게 설명할까. 온몸으로 경험된 소생의 기적은 하나 님의 손에 있었다.

사라졌던 기능 중에 후각이 제일 먼저였다.

코앞을 스치듯 지나가는 구수한 홍합 국물 냄새에 눈을 떴 다. 입이 열리자 "그것이 먹고 싶다." 고 이야기했다.

아내는 시장에 달려가 이물질이 덕지덕지 붙어있는 홍합을 사 왔다. 하지만, 트러블이 가득한 입에서는 그 국물이 쓸개 와도 같았다.

아내는 국물을 한 모금씩, 입에 떠 넣어주었다.

기능을 잃었던 감각들이 하나하나 되돌아오기 시작했다.

미음을 먹고 몇 발짝씩 걷기도 했다.

옆구리에 만져지던 돌덩이같이 굳어버린 간이 시간이 지나 면서 통증이 줄어들고 사물이 똑바로 보이기 시작했다.

간경화말기 판정을 받고 무덤이 준비되었던 나였는데, 내 몸의 상태가 궁금하여 을지대학병원을 찾았다. 동위원소 촬 영으로 혈관에 약물을 주입하니 간의 모양이 정확히 나타났다. 의사는 간의 상태가 지극히 정상이며 말기였던 사실조차 믿으려 하지 않았다.

그렇다, 나는 완전히 살아났다. 1982년 10월이 되면서 새로 시작하는 인생이 되었다. 끝없이 흐르는 눈물이 감사기도를 대신하였다.

4. 10년 후

어머니가 목숨을 내놓고 나를 살리려 부르짖었던 사실은 그로부터 10년이 지나서야 타인의 입을 통해 알게 되었다.

부흥회 강사로 오셔 처음 뵙는 분이, 내게 대한 하나님의 말씀을 전해주었다.

"그때 넌, 죽었었잖아, 네가 어떻게 살아난 줄 아니? 네 어머니가 자신을 데려가고 아들을 살려 달라, 밤낮 울부짖어 네가 살아난 거야."

순간, 나의 머리가 10년 전으로 돌아갔다. 죽어 시체처럼 되었던 기억들이 새롭게 떠올랐다. 건강을 되찾으면서 은혜를 잊고 살아온 나 자신이 부끄러웠다.

즉시, 어머니께 달려가 여쭈어보니, 어머니는 고개를 끄덕이셨다.

"그래, 내가 그때 그렇게 했지."

어머니는 위대하신 분이다. 어떻게 그런 결단을 하셨을까, 죽음을 각오하시며 부르짖으시고, 또, 아들이 살아난 모습을 보시며 얼마나 감사의 기도를 드렸을까. 그런 엄청난 사실들을 10년이 지나도록 나에게조차, 말씀 안 하시고 침묵으로 일관하셨다.

사진 9 대표기도하는 어머니 故 이금순 권사

세상에 많은 기적이 존재하지만, 죽음의 상태에서 소생한 기적은 아무리 상세한 문장으로 표현한다 해도, 타인에게 100% 전달은 불가능하다고 생각한다. 하지만, 이제 내가 사는 날 동안, 읽고 듣는 사람들의 가슴에 조금이라도 울림이 전해진다면 더 바랄 것이 없겠다.

○ 이 글의 배경 설명
이 글은 1982년 당시, 직접 겪은 일을 기억을 더듬어 기록했다. 다만, 문장을 써 내려가며 느꼈던 당시 감정을 좀 더, 효과적으로 표현하기 위해 이 글의 내용 중, 사후세계에 관한 내용은 죽음의 체험 이후, 2000년 3월, 사고를 당해 투병 생활할 때, 꿈을 통하여 하나님이 보여주신 장면이다.

쌀독

이른 아침 눈을 뜬다. 새소리 때문이 아니고
아침을 준비하려는 어머니 때문이다

어제도 그 소리를 들었는데
바닥이 보이는 쌀독을 오늘도 긁고 계신다.

어떻게 지으셨는지
들여온 밥상에는 우리의 밥이 놓여있는데
부엌의 어머니는 들어오시지 않는다.

마루에서 부엌으로 통하는 작은 문으로
부뚜막에 앉아 숭늉을 마시는 어머니가 보였다.

아침을 못 드셔도 항상 미소를 띠셨고
오히려 도시락을 준비못해 미안해하신다.

친구들이 점심을 먹을 때
수도 간으로 달려가 맘껏 물을 마셔본다.

마셔도, 마셔도 허기는 더 느껴지고
하교길, 냇가에 모래들이 쌀처럼 보이기 시작한다.

집에 와서 찬장을 열어봐도 솥단지를 열어봐도
입에 넣을 것은 아무것도 없다.

혹시, 쌀독이 채워졌을까 또다시 열어보는데
오늘도 어제처럼 한숨만 채워 넣고 말았다

○ 이 글의 배경

이 내용은 본인이 1966년 초등학교 4, 5학년 시절의 배고
팠던 기억을 회상하며 쓴 글이다. 철이 없던 시절이라서 당
장 배고픈 내 걱정만 하느라, 굶으시며 품팔이를 하셨던 어
머니의 고통은 안중에도 없었다.

사진 10 어머니와 함께

어린 나이에 먹을 것 때문에 배고픈 시간을 보내야 했던
자신과 어머니의 지친 모습이 떠오를 때마다 너무 가슴이 아
팠다.

학교에서 바닥에 떨어진 연필을 주우려 몸을 숙이면 현기증이 느껴질 정도였다.

작품에 내용처럼 하교 길에 개울 옆의 길을 걷다보면 모래가 쌀처럼 보이고 파란 풀이 김치처럼 보였다. 얼굴에는 버짐이 피고, 너무 허기지다 보니 그저 주저앉고 싶었던 때를 그린 작품이다. 어쩌면, 풍요로움 속에 자라난 세대가 절대 공감하기 힘든 내용이 아닐까 생각된다. (2025. 4. 25)

뻐꾸기

산비탈 보리밭의 풋 내음이
골짜기에 가득하던 계절
뒷산의 뻐꾸기가 그렇게 울어대던 그날
아버지는 아무 말 없이
우리 곁을 떠나셨다.

철부지 아들에게 남길 말이 많았을 텐데
눈가에 흘러내린 눈물로
애절한 마음을 그리셨다.

수많은 세월이 흘러
모든 것이 희미해졌어도
뒷산의 뻐꾸기는 여전히 귓전을 울리며
그때를 떠올리게 한다.

희미한 아버지의 모습,
그리고 누렇게 물들어가던
그 비탈의 보리밭, 보리 냄새

여기가 거기였는데,
뻐꾸기 소리는 여전하건만
그 옛날 살던 집은 폐허가 되어버리고

보리밭은 잡초로 뒤덮여 있다

비탈을 달리며 뛰어놀았는데
잃어버린 세월 속에
모든 흔적은 사라져버리고
이제 남은 것은 뻐꾸기, 그리고 나

※ 이 작품의 배경

젊은 나이에 내 곁을 떠나가신 아버지를 그리며 쓴 글이다.

사진 11 故 이건연 집사

내가 살던 작은 마을 뒤편 성재산 비탈에 보리밭이 있었다.
보리가 익어갈 무렵이면 뻐꾸기가 울어댔다. 보리가 익어가
는 냄새와 뻐꾸기 소리는 아버지와의 추억을 떠올리게 한다.

그 계절에 아버지가 떠나셨기 때문이다. 1965년 6월6일 주일날 오전의 일이다.

지금은 폐허가 되었지만, 당시의 집이 그대로 남아있어 이곳에 오면 항상 동심의 세계로 빠져들게 된다.

누구보다도 부지런하시고 열정적이셨던 아버지는 자신을 위한 삶이 아니라 타인을 위한 생을 사셨다. 누구보다도 건강하셨지만, 대전에서 옥천으로 친족의 이삿짐을 나르시며 점심을 거르신 아버지에게 오후 늦게, 삶아서 말린 고구마를 급하게 드신 것이 장에서 막혀 병원에서 수술을 받으셨다.

당시에도 마취제가 있었지만, 비용부담이 커서 수술조차 받을 형편이 안 되셨는데 이웃의 보증으로 마취 없이 수술을 받으셨다.

수술대에 양손 양발을 노끈으로 묶어놓고 입에는 수건을 물린 상태에서 힘든 수술을 받으셨다고 했다. 결국, 고구마로

막혀있는 대장의 일부를 절제하여 겨우 회복되어가던 중에 점심대신 고구마를 줬던 친족이 찾아와 미안한 마음에 돼지 고기를 삶아 의사 몰래 먹였던 것이 탈이 되어 수술로 겨우 이어놨던 창자가 터져버린 것이었다. 또다시 마취 없는 수술을 받는 바람에 아버지는 그 후유증으로 젊은 날에 세상을 떠나게 되고 말았다. 퇴원하신 후에도 포도밭 일이며 시장의 경비 일까지 병행하시면서 교회에서 집사로서 열정을 바치셨다. 교회 전도사님이 "집사님, 심방갑시다" 하면 밭에서 일 하시다가도 즉시 멈추고 성경을 챙겨 주어진 사명에 최선을 다하셨다는 이야기를 자주 들었다. 평소에도 "태산을 넘어 험곡에 가도" 라는 찬송을 자주 부르셨는데 항상 신명이 넘 치는 모습이셨다. 세상을 떠나시기 일주일 전쯤, 하늘에서부 터 내려오는 흰 천이 자신의 몸을 휘감아 올려지는 꿈을 꾸 시고는 이발소를 다녀오는 등, 젊은 나이였지만 본인스스로 천국가실 준비를 하시고 소천 하셨다. 오랜 세월이 지났지만, 나, 역시 아버지가 부르시던 그 찬송을 즐겨 부르고 있다.

사진 13 계단처럼 보이는 비탈에 그 옛날 보 리밭이 있었다.

천국의 기쁨

적막이 흐르는 그 어두운 시간
벌레소리조차 들리지 않던 그때
고통의 병상에서 신음하던 내 귀에
조용히 울려퍼진 그 소리

무슨 악기들의 합주일까
어디에 존재하는 오케스트라일까
이 세상에서 들을 수 없는 아름다운 그 선율

늘 듣던 곡이었는데
익히 부르던 찬송이었는데
이 새벽에 울려퍼진 그 음악은
머리끝에서 발끝까지 온 몸에 퍼져 울리고

두 번째 소절이 시작될 즈음
쏟아지는 별빛이라 할까
퍼붓는 소나기라 할까
가슴속 심장부근에서 솟아나는 그 기쁨
그 행복한 감정

절망의 병상에서
고통의 정점에서

하늘로서 내려오는 그 귀한 선물
내 영혼을 살리는 그 노래
고통의 수렁에서 건져진 그 기쁨

영원히 잊을 수 없는 소리
내 몸을 흔들리게 하는 그 전율
고통의 시간을 지나는 이들에게
외로움에 지쳐 의지할 곳 없는 자들에게
그 기쁨을 누리게 하소서

□ 이 작품의 배경

내 인생에서 두 번째 겪은 고통의 시간, 2000년 3월에 있었던 수술 실패와 3개월의 입원생활, 진통주사를 의지해 견뎌야 하는 기나긴 밤에, 하나님께서 내가 왜, 이런 곤경에 처하게 되었는지, 꿈을 통하여 감동을 통하여 깨닫게 하셨다.

다니던 직장의 사직, 책임을 내게 떠넘기고 쫓아 내려는 병원 측의 압박, 마약과 같은 주사가 아니면 견딜 수 없는 통증과 싸우던 그때, 목발을 짚고 병원 근처 지하에 있는 교회에 가서 예배를 드리는데, 믿는 자가 싸우지 말고 집으로 내려가라는 권고의 말씀을 듣고, 아무런 보상도 받지 못한 채, 강남의 병원을 나서 집으로 돌아오게 되었다.

약물에 의해 견뎌야 하는 통증과 다리에 장애를 입어 무너진 마음, 그리고 앞으로 어떻게 살아가야 하나 하는 막막함이 쇠약해진 몸을 더 짓눌렀다.

아침에 먹은 약에 취해 점심이 지나서야 정신이 들면 목발을 짚고 근처 은평공원에 가서 메모지와 볼펜을 들고 회개를 시작했다.

공원을 한 바퀴 돌 때마다 떠오르는 죄목을 적기 시작하니 죄를 저지른 횟수가 아닌, 죄의 제목만 45개나 되었다. 그날부터 공원을 돌며 눈물의 회개를 시작했다. 죄목 하나하나를 고백하며 몇 날 며칠을 그 자리에 가서 눈물을 흘렸다. 그러나, 하루하루 시간만 지날 뿐, 달라지는 것은 아무것도 없었다. 제대로 걷기도 힘든 상태였지만 실업급여를 타기 위해 근로를 희망한다는 취업의사를 신청서에 기재하여야 했다.

통증이 조금씩 차도를 보이기 시작하던 어느 날, 평소처럼 약에 취해 밤낮을 구분 없이 지내던 그때, 잠을 자고 있었는데 어디선가 아름다운 음악 소리가 들렸다. 그동안 많이 부르고 듣고 했던 "주 하나님 지으신 모든 세계" 라는 찬송곡이 어떤 오케스트라에 의해 내게 들려왔다.

내 평생에 단 한 번도 그렇게 아름다운 선율을 들어보지 못했다. 도대체 무슨 악기로 어떤 사람들이 연주하길래 이렇게 멋진 음을 낼 수 있다는 말인가, 하며 내 혼을 깨우는 음악에 심취해갈 즈음, 갑자기 몰려오는 기쁜 감정을 주체할 수 없어 벌떡 일어나 앉게 되었다. 잠이 깨었는데도 그 연주가 한동안 이어지며, 온몸에 쏟아지는 기쁨은 머리 위에서 쏟아지고, 가슴 한가운데서 솟아났다.

난 너무 기뻐서 펄쩍펄쩍 뛰며 춤을 추고 싶은 충동이 내 마음에 가득했다.

태어나서 지금껏 한 번도 느껴보지 못한 기쁜 감정을 말로도 글로도 표현할 수가 없었다. 정확한 날짜는 기록하지 못했지만 2000년 6월 말쯤일 것이다.

그날 이후, 그 곡을 부르거나 연주하는 성가대, 오케스트라를 인터넷을 통해 찾기 시작했다. 분명 같은 노래였지만, 그 어떤 성가대나 연주에서도 내가 들었던 수준의 소리를 찾지 못하였다. 또한, 당시 느꼈던 기쁨의 감정을 5분 만이라도 다시 느껴볼 수 있다면, 하는 간절한 소망은 지금도 변함이 없다. (2024.11.28. 05:00)

教会建築に関連する奇跡の体験

うちの教会は、韓国の大田という地方に位置して、１９５８年に創立（そうりつ）しました。教会のお名前は、板岩長老教会です。

私が教会の建築に関連して体験したのは、もう３０年前のことです。

1990年、当時、教会の近くに大きなマンションが建ちました。 突然、教会の人数が増え、狭い教会に新しい人を受け入れることができない状況になりました。 とりあえず、教会は毎週、再建築の議論を続けていました。しかし、信徒の多くは貧しく、建築のための予算は、わずか4百万円程度しかありませんでした。当時の見積もりは1億3000万円程度でした。

教会はこの問題を解決するために祈り始め、特に男子宣教会を中心に皆が、力を合わせて叫び祈りました。ある会員は自分の家の登記書類をささげることもありました。

当時、私は貧乏生活をしていたので、多くの献金をすることは不可能でした。しかし、神の家を建てることが何よりも大切だと思い、事業のために銀行から借りた資金をすべて建築献金として捧げることにしました。もし,資金不足で工事が中断されたら、会員たちは自分が持っている全財産と家賃の保証金（ほしょうきん）まで,捧げると

神の前に約束しました。ひょっとしたら、ホームレスになるかもしれない覚悟で決断しました。

いつの頃からか、私を含む何人かの人々は、教会建築を思い浮かべると胸が熱くなり、抑えきれない気持ちになりました。まるで、胸が燃えるような感覚でした。ついに、教会は神の答えを受けることになりました。見ず知らずの人を通じて、全工事費の半分ほどが用意され、工事が始まりました。

信徒たちは、まるで自分の家を建てるような喜びで、子どもからお年寄りまで工事現場に出向き、手伝いをしました。もちろん、大工さんや専門技術者（ぎじゅつしゃ）がいましたが、男性会員は資材を運んだり、女性は食事を作る仕事をしていました。

教会は、隣の土地に天幕を張って礼拝を捧げ、24時間リレー祈りを続けました。その時、特別集会に招かれた講師を通して、「神様があなたに家を与えてくださるそうです」という話をしてくれました。

私は、そういう話を気に留めずに仕事が終わるとすぐ、現場に行きました。

教会は銀行から一部の資金を借りましたが、信徒の献金と努力で工事を終え、借金を完済（かんさい）し、新しい礼拝堂で礼拝を捧げました。

多くの人が、結婚指輪とかネックレスなど大切なものを献げました。また、無理をして病気になったり、怪我をして病院に運ばれたりしたこともありました。

このように献身した、多くの家庭に、神様の豊かな祝福が溢(あふ)れました。

ブドウの農業をしていた我が家も、その地域の一番中心にある新しいアパートの抽選に当選しました。

韓国では、アパートを建てる前に分譲が終わったら契約をし、内金(うちきん)を分割して支払い、完成したら残金を支払うという形です。

私はアパートに当選しましたが、契約金も持っていなかったので、数百万円の代金を支払うのは漠然としたものでした。

1991年、建築が終わり、教会が銀行から借りたお金をすべて返済(へんさい)した後、私たちのブドウ畑から驚くほどの収入があり、毎回内金を支払うことができました。

ところが、1995年度の残金が問題になりました。その残金は平均の4倍以上の収穫をしなければ得られない金額でした。

ブドウの売買は、収穫前に商人が来て、果実の状態や数量を見て価格を決める方式です。

1995年9月6日、全く知らない商人が遠くから来て260万円で契約をしました。

その金額は、残金の支払いを控えて毎日260万円が必要だ、260万円が必要だとつぶやいた言葉でした。

正確にはその面積の平均収入は、約60-70万円程度でしたが、契約する時、160万円、次は150万円、170万円、最後は260万円でした。確かなことは、収入のために畑を増やしたり、ブドウの木を一本でも植えたことは全くなかったということです。

万一、工事が中断になったら私の家庭はホームレスになって橋の下でテント生活をするかも知れなかったのですが、その年、私は必要な残金を全部支払い、無事に新しいアパートに引っ越すことができました。

ちなみにその後、収入は毎年　60〜70万円に戻ってきました。神様は生きておられます。今も神様が与えてくださったアパートに住んでいますが、その時経験した奇跡は、一生、忘れられないと思います。

사진 14 기적의 현장 포도밭

교회 건축의 기적

저희 교회는 한국의 중심에 대전이라는 도시에 위치해 있고 1958년에 창립되었습니다. 교회이름은 판암장로교회입니다. 제가 교회건축과 관련하여 체험한 것은 벌써 30여 년 전 일입니다.

사진 15 70년대 초 판암교회

1990년 당시, 교회 근처에 대단지 아파트가 들어서게 되어 갑자기 교인이 늘어났는데 교회가 좁았기 때문에 매주 재건축에 대한 논의를 지속했습니다.

그러나, 대부분 교인들 가정이 가난했고 건축예산은 겨우 4500만 원정도 밖에 없었는데 견적을 받아보니 13억원이나 되었습니다.

사진 16 80년대 건축중인 판암교회

　교회는 이문제로 기도를 시작했는데 특히 남선교회 중심으로 모두 힘을 합쳐 부르짖어 기도했습니다. 어떤 회원은 자기 집의 등기서류를 바치는 일도 있었습니다.

　저는 가난한 형편이었기 때문에 많은 헌금을 낼 수 없었습니다. 그러나 하나님의 집을 짓는 일이 무엇보다 중요하다 생각해서 사업을 하려고 은행에서 빌려온 대출금을 건축헌금으로 드렸습니다.

　저희 회원들은 혹시 교회공사를 하다가 자금부족으로 중단되면 전 재산은 물론 전세보증금까지 건축헌금으로 바치기로 약속했습니다. 자칫하면 홈리스가 될 지도 모른다는 생각도 해봤습니다.

　언제부턴가 저를 비롯한 몇 명의 회원들이 교회건축을 생각하면 가슴이 뜨거워져 견딜 수 없는 증상이 생겼습니다. 마치 가슴에 불덩이를 담고 있는 듯 하였습니다.

결국, 하나님께서 교회의 기도를 들으시고 응답해 주셨는데 전혀 알지 못하는 사람을 통해 전체공사비의 절반정도가 준비되어 공사가 시작되었습니다. 교인들은 마치 자기 집을 짓는 듯 기쁜 마음으로 어린아이부터 노인에 이르기까지 현장에 나와 일을 돕기 시작했습니다.

물론, 목수를 비롯한 전문기술자들이 있었지만 성도들 중에 남자들은 건축자재를 나르거나 여자들은 식사준비를 하면서 현장을 도왔습니다.

교회는 공사기간 중 옆에 토지를 빌려 천막을 치고 예배를 드리며 24시간 릴레이 기도를 하였습니다.

그때, 특별집회 강사를 초청하였는데 그분을 통하여 "하나님이 너에게 집을 주시겠다" 하시는 말씀을 들었습니다.

당시 저는 그런 이야기를 마음에 담아두지 않고 시간이 나는 대로 현장으로 달려가곤 했습니다.

교회는 은행으로부터 일부 자금을 빌렸지만 교인들의 헌금과 노력으로 공사를 끝내고 대출금을 갚고 새로운 예배당에서 예배를 드리게 되었습니다.

많은 사람들이 반지나 목걸이 등 귀중품을 바쳤고 더러는 무리해서 병이 나거나 다쳐서 병원에 실려 가는 일도 있었습니다. 이렇게 헌신한 많은 성도들의 가정에 하나님의 풍성한 축복이 임했습니다.

포도농사를 짓고 있던 저희 집에도 그 지역에서 가장 중심지에 있는 아파트에 당첨되는 일이 있었습니다.

한국에서는 아파트를 짓기 전에 분양을 하고 계약이 끝나면 중도금을 나눠서 납부하고 완공된 후 잔금을 납부하는 형식입니다.

저는 아파트에 당첨되었지만 계약금도 없었기 때문에 수천만 원의 대금을 내는 일은 막연한 일이었습니다.

그림 17 90년대 지은 현재의 판암교회

1991년 교회 공사가 끝나고 교회가 은행에서 빌린 돈을 갚고 나서 저의 포도밭에서 놀랄만한 수입이 생겨 매번 중도금을 납부할 수가 있었습니다.

그런데 1995년 잔금 지불이 문제가 되었습니다. 그 액수는 평년 소득의 4배나 되어야 하는 금액이었습니다.

포도의 판매는 수확 전에 상인들이 와서 열매의 상태나 수량을 보고 가격을 매기는 형식입니다.

1995년 9월 6일, 먼곳으로부터 전혀 알지 못하는 상인이 와서 2600만원에 계약을 했는데 그 금액은 잔금 지불을 앞두고 매일 2600이 필요해, 2600이 필요해하며 중얼거리던 액수였습니다.

정확히 말씀드리면 그 면적의 평균 소득은 600-700만원 정도인데 계약당시 1600만원, 다음이 1500만원, 그 다음이 1700만원, 마지막 해에 2600만원이었습니다.

분명한 것은 소득을 늘리기 위해 농토를 넓히거나 한그루의 포도나무도 더 심지 않았던 것입니다.

만약에 공사가 중단되었더라면 저희 가정은 홈리스가 되어 다리 밑에서 텐트 생활을 할 수도 있었는데 그해에 잔금을 다 지불하고 새로 지은 아파트에 이사를 할 수 있게 되었습니다. 덧붙여 말씀드리면 그 다음해부터 소득은 600-700만원으로 돌아가버렸습니다.

하나님은 살아계십니다. 지금도 하나님이 주신 아파트에 살고 있습니다만 그 당시 경험했던 기적은 일생 잊을 수가 없습니다.   (2020년 일본어로 작성 후 한글작업)

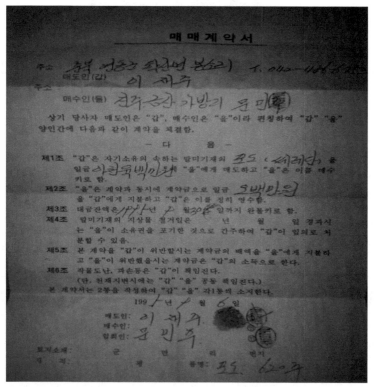

사진 18 당시 계약서

탈영의 추억

여기에 기록된 내용들은 이 땅에 태어난 남자들이 겪어본 흔한 군대 이야기일 수도 있다. 하지만 필자가 머물렀던 그 지옥에서 내 눈앞의 모든 것은 너무 컸고, 나는 너무 작았다. 삶과 죽음의 틈새에서 고통의 밤과 아침마다 터지는 분노, 그 속에서 나는 사람이 아니었다. 그저, 버티고, 뛰고, 맞고 울고 웃어야하는 하나의 그림자였다. 지금도 눈을 감으면 그 때의 냄새가, 그날의 공기가, 피멍으로 얼룩진 엉덩이가 보인다. 어쩌면 내손에 죽었을 그 얼굴들이 기억 속에 지워지지 않는 것은 그 모든 상처들이 내 가슴에 깊이깊이 새겨져 있기 때문일 것이다. 수많은 시간이 지났지만, 혼자만의 기억 속에 담아놓을 수 없어, 지금에서야 그 사연들을 꺼내보고자 한다.

1. 도망

"나는 생각한다, 고로 존재한다" 라는 데카르트의 유명한 말과는 반대로 "일단 뛴다, 뛰면서 생각한다" 라는 표현이 지난날의 내 모습에 어울리는 말이 아닐까 생각한다.

매사 조급한 마음, 거기에다 지나친 호기심 등 이렇게 다듬어지지 않은 심성은 어디에서 비롯된 것일까, 아무튼 유전적 요인도 있을 테고 학교교육을 제대로 받지 못했던 것도 원인일 수 있겠다. 이젠 추억으로 남아 있는 옛날이야기가 되었지만 젊은 시절 겪어봤던 3년간의 이야기를 소개하고자 한다.

부대를 이탈하여 도망쳤던 1978년 6월, 당시 내가 머물던 부대는 강원도 양구군 남면 구암리에 소재해 있었다. 그 부대는 보병부대로서 대부분 병력이 소총수였으나 나는 차량정비 및 운전병으로서 수송부에 배치된 것은 그해 3월경이었다.

전년도, 그러니까 77년도 가을에는 논산훈련소에 있었다. 훈련은 힘들었지만 웃음이 절로 나오는 해프닝도 있었다. 지금도 마트에서 팔고 있는 빵을 볼 때마다 생각나는 일이 있는데 배고팠던 시절, 조금은 유치하다고 할까 미련하다고 할까, 허기를 면하기 위해 했던 당시 기억이 떠오르면 쓴웃음이 절로 나오곤 한다.

훈련소라는 곳이 걷고 뛰는 것이 일상이다 보니 모두들 배가 고팠지만, 훈련소매점인 PX에서는 쿠폰만 사용할 수 있었다. 입대할 때 가져온 현금은 강제로 쿠폰과 교환되어 아이들은 쿠폰을 갖고 있어도 휴일에만 사용할 수 있었기 때문에 평일에는 매점 앞을 지키고 있는 조교들의 폭행이 무서워 배고픔을 참아야 하는 상황이었다.

집에서 가져온 돈이 없었기에 쿠폰도 없던 내가 PX를 다녀오면 30%정도의 수수료를 챙길 수 있겠다는 묘안이 떠올라 요청이 있을 때마다 빵 배달을 시작했다.

훈련병들이 좋아하는 간식은 단연 50원짜리 삼립빵이다. 빵이라고는 하나 앙꼬가 거의 없는 밀가루덩어리에 지나지 않았지만 배고픈 아이들에겐 허기진 배를 채우기에 그보다 맛있는 간식은 없었다. 평소 빵을 좋아했던 나에게는 너무 좋은 기회이기도 했다. 수고비 명목으로 빵 3개를 사면 그중 하나는 내 것이 되었고 바지 주머니와 윗도리 안에다 빵을 넣으면 30개 이상은 넣을 수 있었다.

하지만, 그 일에는 대가를 치러야만 했다. 조교들은 매점에 들어갈 때는 못 본 척하다가 나올 때를 기다려 체벌을 가했다. 그 체벌은 빠르게 앞뒤로 넘어지기를 반복하거나, 좌우로 구르게 하고 엉덩이를 걷어차기까지 했다.

주문이 많을 때는 앞뒤로 빵이 가득 채워져 있어 뒹굴고 넘어져도 아픈 것을 느끼지 못했다. 그 때문에 옷 속에 넣었던 빵은 엉망이 되었지만, 날마다 애들의 요청이 있어 훈련소를 나올 때까지 배고픔을 면할 수 있었다.

훈련을 마치게 되자, 동기들이 각자 주어진 보직에 따라 전국의 부대로 가게 되었는데 나는 진해에 있는 육군수송학교로 발령을 받게 되었다. 수송병과는 생각지도 못했고 전혀 경험이 없었기에 그때부터 일이 꼬이기 시작했다고 본다.

논산에서 진해 수송학교를 향하는 병력은 150명 정도였다. 낯선 곳을 향하는 마음에 긴장이 되었지만, 북쪽이 아닌 남쪽 끝으로 가는 것에 대해 서로 위로하며 다행이라는 말을 주고받았다. 그것은 교육을 마친다 해도 분명 후방에 배치될 것이라는 기대가 있기 때문이었다. 진해는 매년, 군항제가 열리는 곳으로도 유명한 곳이기도 하지만 해군기지로서 또는 해병대 훈련소가 있는 곳으로 잘 알려져 있는 도시이다.

수송학교 역시 훈련소이다 보니 엄격한 규율 속에 조교들로부터 구타가 동반된 운전교육을 받게 되었고 밤낮 이유 없는 단체체벌을 받았는데 한번은 학교 뒷마당의 전시용 비행기를 선착순으로 돌다가 랜딩기어 문짝에 머리를 부딪쳐 기절한 적도 있었다.

사진 19 수송학교 시절

지금의 내 운전습관이 당시 이곳에서 받은 엄격한 과정을 거쳤기에 생겨나지 않았을까 생각해 본다. 운전과 정비교육을 동시에 받으면서 평소 호기심이 많아서였는지 차량정비에 관한 내용을 집중적으로 공부하는 계기가 되기도 했다.

내 평생 후회스런 일들이 참 많았지만, 당시 수송학교에서의 일들을 생각하면 정말 땅을 치고 싶을 정도로 괴로운 추억이 있는 장소이기도 하다. 주어진 교육을 적당히 수료하였더라면 남쪽 바닷가에서 최북단 강원도까지 가지 않아도 될 것을 너무 앞서나가다가 그만, 고생길을 자초하고 말았던 것이다.

이후 생각해보니, 평소 겁이 없고 쓸데없는 영웅심에 물불 안 가리는 버릇까지 있어 두 달 분량의 차량정비 교재를 2주

만에 암기해버려 수송학교 전체를 놀라게 했다. 그 결과 나머지 기간, 동료들이 힘든 과정을 공부하는 동안 나는 교육에서 제외되어 장교 취사장에서 어영부영 시간을 보내는 특권이 주어졌다.

취사장에 있다하여 조리를 돕거나 하는 것도 아니고 식탁의 셋팅을 돕는 정도이기 때문에 장교들의 고급식단을 부러워하면서 몰래 고기를 집어먹기도 하였다.

그 외의 시간들은 잔잔한 파도가 일렁이는 학교 앞의 초록빛 바다를 바라보며 여기를 떠나면 어디에서 3년을 보내게 될까 생각에 잠기기도 하였고, 교육이 없는 날에는 몰래 얕은 바닷가로 나가 돌에 붙어있는 해삼을 잡기도 하였다.

그러던 중, 교육 일정이 마감되었고 수업은 참석하지 않았지만, 수료를 앞두고 치러진 차량정비에 관한 필기시험에서 150명 중 3등의 성적을 거둔 것이 내 운명을 가르는 결정적 실수가 되고 만 것이다.

교육을 마친 장병들이 각자 전국의 각 부대로 배치를 받게 된 날, 대부분 부산 아니면 대구, 멀어야 대전이나 광주와 같은 남쪽으로 가게 되었지만, 나는 1, 2등의 성적을 내었던 두 명과 함께 강원도 춘천의 보충대로 발령을 받고 말았다.

사진 20 수료증

이미 정해진 운명이었기에 어디에 하소연할 데도 없었고 발을 동동 구르다가 트럭에 실려 야간열차를 타게 되었다.

"너희들같이 똘똘한 아이들이 전방을 지켜야지 누가 지키겠냐?"

위로한답시고 발령지를 통보하는 장교의 말은 마음을 더욱 무겁게 만들었고 앞으로 어떤 상황이 주어질지 말로 표현할 수 없을 정도의 걱정이 몰려왔다.

결국, 커튼이 내려진 야간열차를 타고 가는 동안 부산에 이어 대구로 발령받은 장병들이 내렸고 마지막으로 대전역에서 장병들이 내렸다. 빈 좌석이 많아진 열차에는 강원도를 향하는 친구들과 호송담당 병력만 남게 되었고 아침이 되자 서울 용산역에 도착했다.

이미 그곳엔 다른 지역에서 훈련받고 강원도 춘천을 향하는 장병들이 줄 맞춰 앉아있었고 춘천의 보충대는 전국 최악의 보충대라는 소리를 그곳에서 듣게 되었다.

얼마를 기다렸을까 열차를 타고 용산에서 춘천을 향하는 동안 창밖을 보니 흰 눈이 쌓여있었고 날씨도 몹시 쌀쌀함이 느껴졌다. 진해에 있을 때는 들판에 꽃을 보았는데 다시 겨울나라를 찾아온 것이었다. 말로만 듣던 강원도에서 3년을 지내야 한다 생각하니 걱정과 두려움에 휩싸이게 되어 정신적 육체적 컨디션은 그야말로 최악의 상태였다.

몇 년 전, 옆집에 살던 아주머니를 통해 춘천은 아름다운 도시라고 이야기를 들었는데 막상 이곳에 와보니 높은 산으로 둘러싸인 춘천은 몹시 추웠고 특히 북쪽의 높은 산에는 흰 눈이 쌓여있었기 때문일까 피부로 느끼는 차가운 기운이 마음속까지 파고드는 듯했다.

1주일 정도 보충대에서 발령을 기다리는 동안 동료들이 수군거리는 소리를 듣게 되었는데 이곳에서 출발하는 날, 한 끼 식사에 해당하는 건빵이 있는데 건빵을 안 받게 되면 춘천 근방에 배치되는 것이고 한 봉을 받으면 차량으로 한나절 이상 걸리는 지역이며 두 봉을 받는 아이들은 최전방으로 가게 된다는 소리를 듣게 되었다.

　날이 갈수록 내 뜻과 정반대로 펼쳐지는 상황전개에, 밤마다 하지 않던 기도를 하게 되었다. 내가 놀아도 교회마당에서 놀았고 제대로 신앙생활은 하지 못했지만 제발, 전방으로 보내주지 마세요, 라고 기도했다.

　하지만, 보충대를 나오는 날 통보관은 최전방으로 보내지는 장병들에게 차마, 어느 지역이라고 또렷하게 말하지 못하고 측은한 표정을 지으면서

　"정말 안됐지만 너희들은 좀 멀리 가야겠구나." 하며 건빵을 두 봉씩 주는 것이었다.

　트럭에 실려진 내 몸은 춘천 소양댐 선착장에 도착하게 되었고 전방으로 데려갈 보트가 대기하고 있었다. 보트에는 혹시라도 물속으로 뛰어들 장병들이 있을까하여 삼엄하게 보초가 지키고 있었고 보트 바닥에서 일어서지도 못하게 하였다.

　소양강 선착장을 출발한 보트가 한 시간 반 정도를 달려 양구선착장에 도착하자 곧바로 대기하던 트럭에 실려 양구군 남면에 있는 2사단 신병교육대를 향했다. 그곳에서는 옛날 한국전쟁 때 중공군이 입었던 방한복차림의 군인들이 훈련을 받고 있었고 나에게도 낡은 방한복이 주어졌다. 식사 때마다 너무 질긴 콩나물과 시래기국은 그곳을 나오는 날까지 냄새가 날 정도로 먹게 되었다.

추운 날씨와 입에 맞지 않는 음식, 그리고 논산훈련소와는 비교도 안 되는 혹독한 보병훈련을 받으며 도저히 버티지 못하겠다하는 생각 끝에,

"나중일은 나중에 생각하고, 일단 도망하고 보자" 하며 부대 뒷마당의 김장용 무 구덩이에 몰래 숨어들어 그곳에서 며칠을 드러누워 버렸다.

채소를 보관하는 땅굴 속은 그 넓이가 얼마나 되는지 알 수 없지만 상당한 양의 채소를 보관하는 곳이다 보니 분명, 좁지 않은 공간이라고 느껴졌다. 세상에서 가장 쓸쓸하고, 그러나 한편으론 평화로운 안식처이기도 했다.

어둡고 눅눅했지만, 다행스러운 것은 어느 틈에서 환기가 되는지 호흡에는 어려움이 없었다. 이 구덩이 속에 무엇이 얼마나 있는지, 취사병들이 언제 이곳을 드나드는지 알 수 없었다. 우선, 입구에서 최대한 먼 곳에 자리를 잡고 주변에 있는 볏짚으로 둥지를 만들어 두 다리를 쭉 펴고 누워보았다.

세상이 멈춘 듯 고요했고, 그 안에서 처음으로, 나 자신과 조용히 마주하게 되었다. 환경이야 어찌됐든 곤경에 처한 나 자신을 돌아보기에는 더없이 좋은 장소라는 생각이 들었다.

부대 밖으로 도망한 것은 아니지만, 있어야 할 자리를 벗어났으니 일단 사고를 친 것은 분명한 일이었다. 이후에 닥칠 일들을 아무리 상상해 봐도 온통 부정적인 결론뿐이었다.

이렇게 절망적인 상태에 놓이게 된 것이 어쩌면, 그간 저지른 많은 죄 때문일 수도 있다는 생각이 들었다. 눈을 감으나 뜨나 마찬가지였지만, 여태껏 살아오면서 잘못한 일들을 생각하다 보니, 그 옛날의 일들이 하나하나 떠오르면서 무거운 죄책감이 내 가슴을 깊게 파고들었다.

초등학교시절, 어머니가 고무신을 사 오라고 주신 돈으로 극장에 간 일은 그 영화 주인공의 모습과 함께 기억에 그대로 남아 있다. 주머니에 돈이 없었지만, 길거리 벽에 붙어있는 영화 포스터의 유혹에 빠져, 온갖 거짓말로 극장을 드나들었다.

그뿐 아니라, 한번은 어머니가 그동안 여기저기 일하신 곳에서 품 삯을 받으셨는지 공장에 다니는 형의 바지를 사 오라고 하였는데, 거금 백 원짜리 지폐를 주머니에 넣으니 부자가 된 것같이 뿌듯한 느낌이 들었다.

15살이 된 둘째 형이 있었지만 밖으로 돌아다니는 일은 거의 내 몫이 되었다. 시장에 가서 옷을 파는 아저씨와 흥정을 시작했다. 내가 고른 바지를 70원이나 달라고 했다. 내가 12살이나 되었는데 어린애로 보이는지 연신 훑어보는 것이었다.

만약, 이 옷을 50원에 살 수만 있다면 20원의 용돈이 생긴다는 생각이 순식간에 떠올랐다. 주저할 것 없이 50원에 줄 수 있냐고 아저씨에게 묻자, 아저씨는 내 얼굴을 빤히 바라보면서 포장도 하지 않고 건네주었다. 옷값을 깎을 때부터 20원을 어디에 쓸 것인가 생각했는데 집에 와서는 어머니에게 70원에 샀다고 거짓말을 하였다.

한번은 백 원짜리 지폐를 도화지에 같은 크기로 정확하게 그려 위조한 다음, 어머니께 드렸더니 순진한 어머니는 이렇게 하얀 돈이 새로 나왔냐고 하시는 모습을 보고 마음이 너무 아팠다. 어른들이란 학교 선생님 외, 몇몇을 빼놓고는 내가 보기에 답답한 사람들처럼 보였다.

내가 사는 지역은 8월이 되면 온통 포도 향기가 가득했다. 대전의 변두리인 이곳은 산비탈이 많아 포도밭이 많은 지역이다. 온 마을 전체가 포도밭이다 보니, 열매가 빨간색으로 물들어 갈 즈음, 포도에서 내뿜는 향기는 내 코를 자극했다.

나쁜 일인 줄 알면서도 남의 밭에 몰래 들어가 포도를 따 먹은 것이 한두 번이 아니었고, 구멍가게에서 과자를 훔친 일 외에도 나를 따르던 여자애들의 마음을 빼앗아 가버린 일로, 서울에서 전학 온 녀석을 이유 없이 두들겨 패기도 했는데, 외모로 보나 뭐로 보나 초라한 내 꼴은 그 녀석과 비교가 되지 않았다. 게다가 성적도 좋았고 뽀얀 얼굴과 서울 말투에, 여자애들은 꼬리를 치며 붙어 다니면서 나를 거들떠보지도 않았기 때문이었다.

어디 그뿐이던가, 옆집 울타리에 매달린 호박에 돌을 던지거나, 명절에 새 옷을 입고 뽐내는 이웃집 아이들을 길바닥 쇠똥에 넘어뜨린 일까지 끝도 없는 죄목이 떠올랐다. 품을 팔아가며 자식들을 키우느라 온갖 힘든 일을 하시는 어머니를 속였을 뿐 아니라, 잘못 없는 애들을 때렸고, 수 없는 도둑질까지 했으니, 당연히 이런 보응을 받는구나 하는 생각이 들었다.

"그래, 이건 벌이다. 그 모든 죄에 대한 대가임에 틀림없다."

내가 배운 성경 어딘 가에도 죄에 대한 보응은 반드시 있다고 했다. 그렇다면, 이렇게 숨거나 피하지 말고 순순히 벌을 받아야 한다. 하지만, 그러기엔 내 몸이 버티지 못할 거라는 생각도 들어, 이러지도 저러지도 못하고 한숨만 내쉴 뿐이었다.

시간이 얼마나 지났을까. 이곳에 들어와서 그동안 의식하지 못했던 채소 냄새가 상큼한 향기처럼 느껴지면서 나도 모르게 그 신선한 향기를 심호흡으로 들이마시게 되었다. 코를 통하여 가슴속에 채워지는 신선함이 온몸에 퍼지면서 그동안의 답답함이 사라지는 듯 하는 시원함에 스르르 잠이 들어버렸다.

그런데 갑자기 내가 누워있는 저만큼에서 교회 전도사님이 나타났는데, 말씀은 하지 않으셨지만

"이 한심한 놈아, 여기가 네가 있을 곳이냐?"

하는 표정으로 나를 바라보고 계셨다. 그 눈빛 하나에 가슴이 저릿해졌다. 전도사님은 예전부터 예리한 눈초리와 억센 평안도 사투리, 거기에다

"너, 성적이 좋지 않다고 들었는데 머리가 나쁜 모양이구나." 하시며 늘 정곡을 찌르는 말씀만 하셨기에, 항상 그분을 만날만한 길을 피해서 다녔다.

꿈을 깨고 나서 나의 이런 모습은 바람직하지 못하다는 생각이 들었다. 무슨 벌이든 달게 받으리라 맘먹고 구덩이를 기어 나와 곧장 내무반으로 들어갔다.

아니나 다를까, 예상했던 대로 훈련소가 발칵 뒤집어져 있었다. 하지만, 탈영 사건도 아니었고 멀쩡히 돌아온 나를 보고 교관들은 내가 심리적으로 불안하게 보였는지 꾸짖지 않고 차분한 대화를 유도했다.

왜, 숨었느냐고 직접적으로 묻지 않았지만, 주변의 차가운 시선은 충분히 느낄 수 있었다. 죽지도 살지도 못하는 정체된 시간 속에서, 무감각해진 내 마음을 일깨우려는 듯, 나도 모르게 두 손으로 팔과 무릎을 연신 문질러댔다.

감방 같은 이 공간에서 어떤 형식이든 머물러 있어야 했고, 훈련병에 지나지 않는 신분이었지만, 교관들에게 더는 이곳

에서 훈련을 받을 수 없으니

"죽이든 살리든, 맘대로 하세요." 라고 말해버렸다.

결국, 문제가 많은 병사라고 생각했는지 교관들은 다른 친구들처럼 훈련에 내보내지 않고 의무실의 장교들 군화를 닦으면서 적당히 시간 보내는 것을 눈감아 주었다.

제대로 훈련을 받지 않은 문제로 일부 조교들의 이의제기가 있었지만, 여하튼 교육기간이 만료되자 8키로 가량 떨어진 양구군 남면에 소재한 32연대로 배치를 받았고 난생, 처음 겪어보는 끔찍한 환경이 그곳에서 나를 기다리고 있었다.

훈련소에서의 구타는 뺨을 심하게 맞거나 오리걸음 같은 체벌을 받기는 했어도, 이곳에서는 곡괭이 자루나 야구방망이로 얻어맞는데 익숙해져야 했다.

아침마다 군기가 빠졌다는 이유로 엎드린 상태에서 빠따 5대, 심하면 10대, 점심 먹고 나면 바로 위 동기들로부터, 저녁에는 내무반에서의 구타에 특별한 이유가 없었다.

얻어맞을 때마다 나의 존재감은 철저히 사라졌다. 여름철, 복날의 전봇대에 묶인 똥개처럼 인간이 아니었고 그저, 몽둥이를 맞아야 하는 대상일 뿐이었다. 부대 밖에 있는 교회에 새벽예배라도 가게 되면 아침 빠따는 피할 수 있지만, 너무 피곤하고 수면시간이 부족하다보니 야간 근무를 서고 새벽에 또 일어날 수가 없었다.

지옥 같은 시간을 보내던 어느 날, 상급 부대로부터 차량정비병을 대상으로 하는 교육명령이 하달되어 각 부대에 1명씩 차량으로 한 시간 이상 거리에 있는 인제군 현리라는 부대로 1주일 출장을 떠나게 되었다. 강원도 내 각 부대에서 소집된 차량정비공에 주어진 기술교육이었고 특히 소형엔진에 관한 강의와 수리에 관한 실습이 주된 내용이었다.

　울창한 숲속에 자리 잡은 작은 규모의 부대는 병기에 관련된 부대로서 맑은 공기와 자유로운 분위기 그리고 맛있는 음식이 제공되는 취사장이 인상적이었다. 특히 우리 부대에서는 쉽게 맛볼 수 없던 닭튀김을 맘껏 먹을 수 있어서 정말 행복했다.

　입대 후, 강원도 산골짜기로 끌려온 이래 고통 속에 몇 달을 버티다가 이렇게 자유로운 시간이 일주일이나 주어지다니 정말 꿈만 같은 기회이기도 했다.

　이곳에 오기까지 전혀 알지 못했던 전우들과는 금새 친해져서 계급도 소속부대도 관계없이 어울리게 되었고 하루 교육시간을 마치면 잠잘 때까지 자유시간이 주어졌다.

　여기서는 야간에 보초서는 일도 없고 괴롭히는 고참도 없으니 지상천국처럼 느껴지기도 했다.

　매일, 저녁마다 휴식시간이 길다보니 너나 할 것 없이 시간을 때우려 간단한 노름을 하면서 취침 때까지 시간을 보냈다. 처음엔 애들이 하는 노름을 구경만 하다가 호기심이 생겨 7-8백원 정도 되는 한 달 급여를 아끼고 아껴서 가져온 돈을 2천 원 정도 남기고 다 잃고 말았다.

　일주일의 시간은 정말 빠르게 지나갔다. 월요일부터 1주일이니까 토요일저녁 까지 부대로 복귀하게 되어 있었다. 토요일 아침, 교육받던 부대를 나왔는데 일주일간 어울렸던 친구들 몇 명이 도망가자는 이야기를 했다.

　탈영할 수 있는 절호의 기회라고 아이들은 떠들었고 결국, 서울행 직행버스가 다니는 도로까지 나와서는 탈영을 할 사람과 그냥 자신의 부대로 복귀하는 사람으로 나뉘어졌는데 탈영하기로 한 부류에 섞여 나도 도망가기로 맘먹었다.

 그곳에서 서울까지는 고속으로 달려도 4시간 이상 걸리는 강원도 산골짜기였고 버스만 타면 무조건 서울에 갈 수 있다는 단순한 생각만 하고 버스에 올라탔다.

 강원도 인제근처에서 버스를 탔는데 한 시간쯤 달렸을까 철정이라는 큰 검문소에 버스가 멈춰 섰다. 철정은 홍천군 북쪽에 위치하였고 남쪽에서 설악산을 가려면 거치게 되는 곳이다. 또한, 전방과 후방을 구분하는 1군 경계점으로 군 차량은 물론이고 민간인 차량까지 무조건 정차시키고 깐깐하게 검문하는 곳으로 유명하단 사실을 뒤늦게 알게 되었다.

 정차된 버스 안으로 헌병 두 명이 올라왔다. 승객들을 두루 살피며 군인들을 대상으로 신분증을 요구하였는데 여기저기 민간인 틈에 앉아있던 탈영병들이 줄줄이 헌병에 붙들려 강제로 연행되었고 내 앞에 멈춰선 헌병 역시 나에게 휴가증을 요구하였다.

 휴가증이고 뭐고 아무것도 없었던 나는 빨리 내리라는 헌병을 앞세우고 뒤에서 앞좌석 쪽으로 내리는 척하다가, 앉아있던 승객의 무릎을 헤집고 의자 밑에 잽싸게 몸을 숨겼다.

 워낙 여러 명이 검거되었기에 헌병이 나를 빼놓고는 나머지 녀석들만 끌어내렸고, 의자 밑에 숨어있던 나는 초죽음 상태가 되어있었다. 이윽고 버스가 검문소를 출발했지만, 금방 헌병 찦차가 뒤따라 올 것 같아 초긴장 속에 그대로 엎드려 있어야했다.

 양해를 구할 새도 없이 순식간에 앉아있던 사람의 다리를 비집고 들어갔기에 두 사람은 몹시 당황했을 것이다. 남자였는지 여자였는지도 모르지만 헌병을 피하려는 내가 불쌍해 보였는지 어떤 불평도 하지 않고 오랜 시간을 불편한 자세로 참아준 것이었는데 나중에 생각해보니 미안하다는 말도 못 했던 것 같다.

너무 긴장해서일까, 소변이 마려워 참을 수 없었지만 뒤따라올 헌병을 생각하니 눈앞이 캄캄하기만 했다. 왜냐하면, 붙잡힌 탈영병들이 나에 대해 이야기했을 것이고 분명 추격조가 뒤따라올 것이라, 생각되었기 때문이었다.

얼마를 달렸을까 버스는 홍천군 시외버스 정류장에 멈췄고 나는 급히 화장실을 다녀오는데 버스에 돌아와 앉자마자 뒤따라온 헌병이 증명서를 요구했다.

아무 증서도 없는 나는 버스승차권을 헌병에게 내밀었다.

"아니, 이 녀석이 휴가증을 달라니까, 부대 돌아가는 중이냐? 라고 물었다. 난 엉겁결에 그렇다고 고개를 끄덕였더니 불쌍해 보였는지 씩~ 웃으며 잘 가라고 했다.

안도의 한숨을 내쉬며 나는 생각했다. 도망 나올 때는 검문소를 생각도 못 했었는데 이미 1군 경계선에서 한 시간 이상이나 후방으로 내려와 버렸으니 돌이켜 다시 올라갈 수도 없는 상태가 되었다.

강원도 홍천에서 서울까지는 2시간 이상 걸리는 거리였는데 검문은 거기서부터 시작이었다. 마을을 지날 때마다 검문소가 있었고 그때마다 헌병이 올라와서 지목하는 장병에게 증명서를 요구하였다.

나의 심장은 숨 가쁘게 두근거렸고 아무 증명서도 없던 나는 헌병과 눈을 마주치지 않으려고 일부러 창밖을 내다보곤 했다. 버스가 멈출 때마다 두 명 혹은 한 명의 헌병이 올라왔는데, 헌병의 헬멧이 보일 때마다 다리가 후들후들 떨리고 손에 땀이 쥐어졌다. 왜, 이런 선택을 했을까 후회를 하면서 버스가 속히 서울에 도착하기만을 바랄 뿐, 꼼짝 못 하고 앉아있어야 하는 자세야말로 고문이나 다름없었다.

여기서 붙잡히면 내 신세는 어떻게 되는 걸까, 보나 마나 양손에 수갑이 채워질 것이고, 지역 헌병대로 호송되면서 말로만 듣던 가혹한 구타를 당할 것이다.

그뿐 아니라, 전과자가 되어 호적에도 빨간 줄이 그어질 것이고 더 이상은 상상할 수도 없는 암담한 미래가 머릿속에 떠올랐다.

도대체 왜 이렇게 검문소가 많은 거야 생각하는데, 입에서는 침이 마르고 온몸이 오그라지며 머리끝에서 발끝까지 전율이 느껴지기도 했다.

홍천에서부터 서울에 이르기까지 여러 번의 검문을 겨우 통과하고 청량리터미널에 내리자마자 헌병들의 위치를 살피느라 신경을 곤두세우며 번개 같은 발걸음으로 지하철에 탑승하여 서울역에 도착하였다.

사진 21 서울역

서울역에서도 헌병은 대기실과 역 광장에서 두 명씩 짝을 지어 순찰을 돌고 있었기에 한곳에 머물러 있을 수는 없었다. 사람이 많은 곳에 섞여 몸을 낮추거나 기둥 뒤에 숨어 좌우를 살피며 대전까지의 열차표를 구입하고 나니 주머니에 십 원 하나 없이 빈털터리가 되었다.

영화에서 수사망을 피해 달아나는 탈주범의 모습이 지금 내 모습일 것이다. 고향으로 가는 열차에 타기는 했지만 설레거나 기쁜 감정은 전혀 없고 불안한 심정으로 자리에서 앉았다 섰다를 반복하는 내 꼴이 한심스럽기까지 했다.

대전역에 도착한 나는 집으로 향하는 버스를 타려다가 안내양에게 형편 이야기를 하여 무임승차를 하였고 겨우 집에까지 도착할 수 있었다.

맘속에 불안함을 해소하려는 목적이었을까, 집에 가기 전 우선 교회에 들러 나를 살려달라고 기도를 했던 것 같다. 길에서 마주치는 사람들은 내가 휴가 나온 줄 알고 그냥 오랜만이구나 하는 정도로 나를 대했다.

집에 도착해서 여전히 어려운 집 형편을 보고 나서야 부대를 이탈하여 도망한 것을 후회하기 시작했고, 휴가 나왔다고 반가워하는 친구들이 통닭을 사 왔지만, 군대 이야기를 듣고 싶어 하는 친구들에게 아무 할 말이 없었다. 물론, 헌병이 들이닥칠 것 같은 불안감에 아무것도 먹을 수 없었던 것이다.

그토록 그리웠던 집에서 누웠지만, 도저히 잠을 잘 수가 없어, 거의 뜬눈으로 새벽을 기다려 5시부터 서둘러 집을 나섰다. 어머니는 어려운 형편이었지만 급하게 부대로 돌아가야 한다는 내 말을 듣고, 만 오천 원을 손에 쥐어주셨다. 새벽부터 서둘렀던 이유는 집에서 헌병에게 체포되느니 잽싸게 부대로 돌아가야겠다는 생각에서였다.

일단 서울로 올라가서 청량리터미널에 도착해서는, 전방으로 들어갈 방법을 찾기 위해 식사를 하던 버스 기사들에게 검문을 받지 않고 양구를 들어가는 방법을 알려달라고 했다. 기사들은 편하게 갈 수 있는 길이 있는데, 왜 험한 길로 가려는지 의도를 모르겠다는 표정으로 바라보면서 화천 쪽으로 돌아가는 완행버스가 있는데 어쩌면 검문을 피할 수도 있다고 했다.

검문을 피할 수도 있다는 이야기를 듣자마자 순찰 중인 헌병을 피해 냄새나는 터미널 화장실에 1시간 이상 숨어 있다가 그 완행버스에 올랐다.

도망쳐 내려올 때와는 전혀 다른 비포장노선이었기 때문에, 버스는 경기도를 지나 강원도 화천을 향해 먼지를 날리며 달렸다. 고개와 비탈길이 거듭되는 도로에는 자갈까지 깔려있어 버스유리창을 심하게 진동시켰다.

차창밖에 보이는 6월의 푸르른 경치는 아름다웠지만 지금 내 심정은 잠시 후에 어떤 일이 나에게 닥칠지 모른다는 불안감에 휩싸여 안절부절 상태였다. 이미 점심때를 한참이나 지났지만 배고픈 감각도 없었고 버스가 모퉁이를 돌 때마다 검문소가 나올까봐 마음은 착잡하기만 했다.

얼마의 시간이 흘렀을까, 나를 태운 버스는 강원도 화천의 오음리를 거쳐 산골길을 돌고 돌아 소양댐 양구선착장 검문소 앞에 멈춰 섰다. 이곳은 보트를 타고 양구로 들어올 때 지났던 곳이라서 기억하는 장소였다.

이 검문소 역시, 내려올 때 거쳤던 철정검문소와 마찬가지로 1군 경계선으로서 군인 민간인 가릴 것 없이 까다롭게 검문하기로 유명하단 말을 나중에 듣게 되었다.

세워진 버스 안으로 헌병 2명이 올라왔다. 그중 한 녀석이 맨 뒷자리 앉아있던 나에게 다가와서 증명서를 요구했다. 아무것도 없던 나는 솔직히 없다고 대답했다.

"뭐, 없다고"

헌병은 어이없다는 표정을 지으며 그럼, 증명서 없이 어떻게 1군 경계선을 넘었냐고 물었다. 난 그냥 잠시 나갔었노라 대답하자, 내 멱살을 쥐어 잡은 헌병은 같이 내리자고 잡아끌었지만 나는 완강히 버티면서 한번 봐 달라고 사정하였다.

헌병은 무장공비라도 잡은 것처럼 내 멱살을 놓지 않고 계속 잡아당겼고, 나는 끝까지 버텼다. 헌병에게 끌려가면 곧바로 감옥행이라는 사실을 알기 때문에 죽기 살기로 버스 의자에 매달렸다.

나 때문에 검문시간이 길어지자 버스 앞쪽에 타고 있던 어떤 장교가

"야, 헌병, 검문시간이 너무 길잖아, 뭐하는 거야"

계속 소리 지르는 그 장교 덕분에 헌병은 분하다는 표정을 지으며 버스에서 내렸다.

양구터미널에 도착한 나는 마치 고향에 돌아온 편안함을 느꼈고 바보같이 괜히 탈영했다가 고생했던 일을 후회하며 일단 중국집에 들어가 짜장면을 먹었다.

이미 부대 복귀날짜는 지났지만, 오늘이 일요일이고 저녁까지만 들어가면 당직에게 탈영보고를 하지 않는다, 생각하니 한결 마음에 여유가 생기는 것이었다.

부대에서 종종 탈영 사건이 발생하지만, 당일에 보고하지 않는 이유는, 탈영해도 높은 산과 검문소 때문에 후방으로

내려갈 길을 찾지 못해 2, 3일 산속에 숨어 있다가 배가 고파 제 발로 돌아오는 일이 빈번하기 때문이었다.

사람의 마음은 참 간사한 것이다. 몇 시간 전 만 해도 가슴을 조이며 진땀을 흘리지 않았던가, 배도 부르고 긴장이 사라지자 주머니에 손을 넣고 모자를 삐딱하게 쓰고 버스 승강장을 향하다가 군기 순찰에 딱 걸리고 말았다.

"이 녀석 봐라, 모자 쓴 꼴하며, 상급자를 보면 몇 미터에서 경례하게 되어있지?" 라는 질문에

"글쎄요" 라고 하자,

"이 녀석, 안되겠구만"

결국, 순찰에게 인적사항이 기록되었고 무슨 벌칙이 내릴까 걱정하며 부대를 향했다.

그냥 들어가면 고참 들에게 추궁당하며 얻어맞을게 뻔하기에 집에서 가져온 돈으로 정종 한 병을 사서 슬그머니 내무반으로 들어갔다.

우리 내무반 고참 중에서 가장 골치 아픈 양창길이라는 녀석은 사회에 있을 때 구두닦이를 했다고 하는데 입에는 늘 욕설이 붙어있고 폭력을 일삼는 양아치였다. 그놈은 타이어 펑크담당 정비병으로서 운전병들이 타이어 펑크를 내면 때워주는 대가로 50원씩 받아 챙기는 놈이었다. 그뿐 아니라, 펑크가 난 튜브를 꼼꼼하게 때우지 못해 며칠 못가서 또 펑크가 나곤 하였다. 운전병들은 돈은 돈대로 뜯기면서도 일거리를 안겨줬다는 이유로, 펑크수리가 끝날 때까지 트럭 적재함 난간에 매달려 있어야 했다.

그런 녀석에게 귀대 보고를 하였더니 대뜸,

"너 집에 갔다 왔지?"

"아닌데요, 안 갔습니다."

이미 귀대일자를 하루 넘겼고 손에 들고 있는 술병이 집에 다녀왔다는 증거이기도 했는데 구타가 두려워 거짓말이 절로 나왔다.

"넌, 집에 다녀오고도 남을 놈이지"

양창길은 혼잣말로 지껄이며 술 한 병을 받고 없었던 일로 해주었다.

매일 몽둥이로 얻어맞을망정 이곳이 편한데 뭘 하러 온갖 긴장 속에 탈영을 했단 말인가. 경솔한 행동으로 어려움을 겪게 된 일을 누구에게도 말하지 못했다.

며칠 후, 군기순찰에서 단속된 처벌 명령이 내려왔다. 그 명령은 일주일 동안 화장실의 똥을 치우라는 벌칙이었다. 한여름의 화장실 치우는 벌칙은 힘들긴 했어도 탈영을 했다가 안 붙잡히고 무사히 돌아온 일을 생각하면 이보다 더한 벌을 받는다 해도 견딜 수 있겠다 하는 생각이 들었다.

수십 년 이어져 오는 군대의 악습 가운데 수송부의 구타는 역사적으로 전통이 있다고 한다. 두들겨 맞아야 험한 강원도 산길에서 사고를 내지 않는다는 말을 조회 때마다 들어왔다.

부대 내 70여 대의 차량 중에 한 건이라도 사고가 나게 되면 그것이 빌미가 되어 그로부터 한 달 이상은 평소보다 더 많은 매를 맞아야만 했다.

월남전에서 사용했던 낡은 차량은 고장이 빈번했고, 좁고 험난한 산악도로 역시, 사고가 날 수밖에 없는 환경구조였다. 그 때문에 운전병에게 주어지는 구타의 고통은 사고 예방을 위해 당연한 일처럼 여겨져 오는 것이었다.

탈영사건 이후에도 여전히 아침에 기상하자마자 곡괭이 자루로 맞는 5대의 빠따는 눈물이 찔끔 나올 정도로 아팠다. 하지만 오전 내내 엉덩이에 훈훈함이 느껴졌고 점심 먹고 오후에 그 자리를 또, 맞게 되면 엉덩이와 허벅지는 시꺼멓게 멍이 생기고 광목으로 만들어진 팬티는 핏자국의 얼룩으로 범벅이 되어 있었다.

거울에 비쳐진 내 엉덩이의 모습은 여전히 처참한 모습이다. 하지만 매일 맞아야만 한다면 달리 방법이 없기에 한여름에도 혹한기에 입는 두꺼운 내복을 끼어 입고 다니다 보니 보행도 불편했고 엉덩이와 두 다리가 삶아지는 것 같은 더위를 참아야만 했다. 그것이 통증을 덜 느끼는 내방식의 생존이었고 이런 환경에서의 하루하루는 인간성을 흐리게 만들어버리기에 충분한 곳이었다.

매일, 트럭을 운전하거나 차를 고치는 것이 일상이었지만 한 달에 한 번꼴로 사격훈련이 있어 뒷산의 사격장에서 총을 쏘는데 그때마다 몇 발씩 실탄을 몰래 가지고 왔다. 총알을 챙겨온 이유는 단 하나, 끝까지 견디지 못할 상황이 되면 나를 가장 많이 괴롭히는 몇몇 놈들을 죽이고자 생각했기 때문이었다. 그 중, 몇 발은 나만 아는 깊숙한 곳에 숨겨놓고 2발

정도는 늘 주머니에 넣고 다녔다.

이 총알 2발 중 1발은 나 자신을 향한 총알일 것이다. 고참들은 자신들의 목숨이 내 손에 달려 있는데도, 날마다 나를 두들겨 팼다.

한번은 너무 심하게 맞아 차에 실려 읍내에 있는 병원에서 진료를 받았는데, 삽으로 맞은 갈비뼈가 금이 갔다고 했다. 군인이 다치거나 치료를 받으려면 반드시 부대 내에 있는 의무실로 가야 하는데, 진료기록을 남기면 사건이 드러나게 되어 상급부대로부터 질책이 따르기 때문에 고참 몇 명이 몰래 나를 데리고 병원에 다녀온 것이다. 붕대로 가슴을 감고 이를 갈며 분노를 참아내느라 힘든 나날의 지속이었다.

그 이후, 3개월 정도 지났을까 몸이 어느 정도 회복되자마자 악마들로부터의 구타가 다시 시작되었다. 몽둥이가 내 몸에 닿을 때마다 심한 통증을 느꼈지만, 언제부턴가 맞으면서 속으로 미소를 띠게 되었다. 그것은 녀석들이 내가 쏜 총을 맞고 비명을 지르며 세상을 떠나는 모습이 상상되었기 때문이었다.

그렇다. 이곳은 사람이 사는 곳이 아니다. 사람의 탈을 쓴 악마들만이 존재하는 곳이다. 내 머릿속에도 온통 사람을 죽이려는 생각뿐이지 않는가 말이다.

평소, 감정 조절이 잘 안되어 탈영까지 했던 나였지만, 시도 때도 없이 얻어맞는 데는 인내의 한계점에 도달할 때가 한두 번이 아니었다. 나는 누구에게도 인내에 대해서 배우지 못했다. 내 손에 총이 있고 방아쇠를 당길 권한이 내게 있는데 당기느냐 마느냐 사이에서 결론을 내지 못할 뿐이었다.

한밤중 보초를 서려고 일어나면 한 시간 내내 고민의 연속이었다. 누워있는 녀석들을 총으로 쏴 죽이는 방법에 대해 깊이 생각하기 때문이다. 같은 침상에 나란히, 그것도 통로를 향해 양쪽으로 머리를 맞대고 길게 누워있고, 한쪽에서 쏘면 여러 명을 동시에 죽일 수 있어 맘만 먹는다면 간단한 일이었다.

모두가 깊이 잠든 밤, 깨어있는 사람은 나뿐이다. 총구를 슬그머니 한쪽 끝에 잠든 놈의 관자노리 근처에 대어보았다.

쓴웃음이 나왔다.

"별것도 아닌 놈이" 하며 나머지 녀석들의 얼굴을 보는데 방아쇠에 들어간 손가락에 끝내 힘을 가하지는 못하였다.

고참들을 죽이는데 또 하나, 마음에 걸리는 문제가 있었다. 그들 중에는 장차 목사가 되겠다고 신학교에 다니다 온 녀석이 있었는데 사람이 착하고 부드러워 그 동기들에게는 이미 목사라는 별칭으로 불리기도 했다. 그런데, 하필이면 그 목사가 고참 들 틈에 늘 자고 있었기에 이쪽이나 저쪽이나 어느 방향에서 쏜다 해도 희생될 수밖에 없는 자리에 누워있는 것이다. 어떤 이유로도 원한 없는 목사를 죽게 할 수 없기에, 고민은 더 깊어져만 갔다.

매일 밤, 초소근무에서도 실탄이 있었지만, 다음 근무자에게 넘겨줘야 했고 개인적으로 갖고 있던 총알은 주머니 속에 넣고 장난감처럼 만지작거리면서 걸어 다녔다.

　하루에도 몇 번씩, 살인의 충동을 느끼면서 저 녀석들을 죽이면 나도 군법에 회부되어 총살을 당할 텐데, 고향에 계시는 어머니 얼굴이 떠올라서 도저히 실행에 옮길 수가 없었다. 물론 어려서부터 교회에서 배운 십계명 중에 "살인하지 말라" 라는 가르침 또한, 선뜻 행동에 옮길 수 없는 이유이기도 했다.

　얼마 전 같은 사단 내에서 하극상 사건이 일어나, 전역을 1주일 앞둔 7년 근무 하사가 일병에게 살해되는 일이 있었다. 이 사건은 피해자가 사소한 이유로 일병을 구타하여 생긴 사건인데, 군법은 단심제이기 때문에 항소 같은 것은 없었다. 우리 연병장에서 열린 군법회의에서 형식상 판사, 검사, 변호사가 있었지만 이미 사형이 정해져있는 하극상 건에 관해 가해자의 생명을 구하고자 하는 변호사의 노력은 전혀 보이지 않았다.

　머리가 박박 깎이고 포승줄에 묶여 군법정에 선 가해자 일병은 이제 막 군에 들어온 신참이었고 어려 보이기까지 했다. 순간적인 충동으로 사람을 죽이기는 했지만, 일병에겐 마지막 발언 기회조차 없었고 각본대로 그에게 사형이 언도되었다. 군법에서의 사형은 총살형뿐이다.

　이 사건은 우리 부대와 1키로 정도 거리의 작은 부대에서 일어난 사건으로 무자비하게 죽이라는 사단장의 특별지시에 의해 사형수를 말 4마리에 사지를 묶어 갈기갈기 찢겨 죽이는 끔찍한 일이었다. 사단장의 분노를 사게 된 이유인즉, 죽기직전 하사가 남긴 유서 때문이었다.

당시 사고현장에는 PX가 인접해 있어서 주변에 다른 병사들이 휴식 중이었고 일병에게 폭행을 가한 하사는 바로 옆의 오픈된 초소 책상에 앉아있었다.

사람에게 총을 겨누는 긴박한 상황을 주변에 있던 병사들이 지켜보게 되었는데 일병으로부터 "유서를 써라" 라는 말을 듣고, 하사는 다음과 같은 글을 남겼다.

"사단장님! 저는 죽지만 다시는 군대에서 하극상에 의해 목숨을 잃는 일은 없도록 해 주십시오" 라고 했다.

어짜피 죽을 상황이었기에 유서 쓰기를 마칠 즈음, 자신의 몸을 향한 총구를 잡아채려고 하사가 움직이는 순간, 방아쇠가 당겨져 하복부를 향해 다섯 발의 총이 발사되었다. 아랫배에 총상을 입은 하사는 그 자리에서 사망했고 책상 위의 유서는 사단장에게 보고되었다. 체포된 일병은 즉시 군법에 회부 되어, 본보기로 열린 법정이 우리 부대에서 열렸던 것이었다. 정말이지 조선 시대에서나 있을법한 잔인한 사형집행이었고 유가족에게는 화장 후에 유골만 보내졌다는 이야기를 듣게 되었다.

내가 만일 원수 같은 고참 몇 명을 죽인다면 나 역시 내가 봤던 군법정에 서게 될 터이고 비참하게 죽어야 한다 생각하니 더욱 총을 쏠 자신이 없게 되었다.

그러면서 몇 달이 지나는 동안, 가끔 꺼내보는 주머니 속의 총알은 얼마나 광택이 나는지 반짝반짝 빛나기까지 했다.

눈보라가 몰아치는 어느 날 밤, 야간근무를 위해 초소에 갔는데 그동안 나를 괴롭히던 조정준이라는 녀석과 함께 근무를 서게 되었다. 살을 에는 듯 하는 찬바람에 눈을 뜰 수조

차 없었는데, 교대를 해주지 않고 나 혼자 밖에 서 있으라고
했다.

창녕 출신으로 나보다 겨우, 3개월 먼저 입대한 녀석인데
틈만 나면 나를 걸어차고 온갖 욕설과 폭력을 일삼았다. 그
밤에도 나는 밖에서 추위에 떨어야 했고, 그놈은 모포를 뒤
집어쓰고 초소 안에 있었기에 나의 분노는 극에 달하였다.

참다못한 나는 초소의 작은 창문을 열고 그 녀석 얼굴에
총을 겨누었다.

"내가 여태껏 참았는데 이제 어쩔 수 없으니 나를 원망하
지 마라, 넌 이제 세상을 떠나야 해" 하며 총알을 장전하자,
녀석은 얼마나 놀라는지 모포를 벗어 던지며 살려달라고 싹
싹 비는 것이 아닌가. 눈물까지 흘리면서 애원하는 녀석을
보니 갑자기 불쌍한 생각이 들었다.

"그럼, 이번 한 번은 살려주는데 이 일을 누설하면, 그날
이 너의 제삿날이야." 하며 다짐을 받았다.

그로부터 한 달도 안 되어 그 녀석의 아버지가 세상을 떠
나 집에는 동생들만 남게 되었다. 군 복무 규정상, 이런 경우
남은 기간에 상관없이 즉시, 전역하게 되어있어 집으로 가게
되었는데 떠나기 전, 내 앞에 와서는

"네가 살려주어 살아서 돌아가게 되었다" 하면서 몇 번
이나 고개 숙였다.

항상 있는 일이었지만 한밤중 근무 중에 현실을 비관하여
스스로 자신의 머리에 총을 쏘는 자살 사건은 끊임없이 일어
났다.

밤중에 땅~ 하는 총소리가 나면 그때마다 아이쿠, 또 한 놈
이 세상을 떠났구나, 생각했고 정해진 수순에 따라 우리 수

송부는 병사들의 시체를 사단 병참 창고에 옮겼다. 이어서 가족에게 사실이 알려지고 병참 창고에서의 가족확인절차가 끝나게 되면 우리 수송부는 인제군 남면 신남에 있는 화장터로 실어 날랐다.

군에서는 쌀과 총기처럼 한 사람의 군인도 시체가 되면 사용할 수 없는 자원으로 분류되어 병참 창고로 반납하게 되어 있었다. 이 모든 과정은 헌병대의 조사 및 군의관의 판정과 수송을 담당하는 운전병에게 임무가 주어지는 것이다.

시체를 실었던 트럭에는 다음날 각 취사장으로 부식을 실어 날라야 했기 때문에 개울가에 비스듬히 세워놓고 적재함의 핏물을 씻어야 했다.

2. 오발탄

운전병들은 훈련은 물론이고 실제로 전투에 투입되면, 병력이나 물자를 실어 날라야 하는 것이 임무이다 보니, 언제 어디든 명령이 떨어지면 가장 먼저, 바삐 움직여야 한다.

1979년 9월 초, 무장공비 3명이 철책을 뚫고 내려와 대암산에 숨어 있다는 정보가 있어 3개 사단의 병력이 대암산에 포위망을 치고 출동한 차량들이 산 아래와 정상에 있었는데 나는 트럭을 세워놓은 정상부근에서 머물게 되었다.

휴전선에서 가까운 대암산 정상에는 평원처럼 넓은 곳이 있고, 6월에도 겨울점퍼를 입어야 하는 추위가 있어 최전방의 대명사로 불리는 곳이기도 하다.

이 산에는 625전쟁 때 만들어놓은 도로가 정상까지 이어져 있어 곳곳에 당시의 치열했던 전투의 흔적들이 그대로 남아 있었다. 누군가가 쓰고 있었을 녹슨 철모와 총알, 불발탄이 여기저기 눈에 띄었다.

그 산 위에서 나는 처음으로, "언제 어디서 총알이 날아들지 모른다"는 공포를 배웠다. 매복 초소에서 밤을 보낼 때면, 땅위에 머리만 내어놓고 있다 보니 계속 들려오는 총성이 울릴 때마다, 밤하늘을 가르는 탄환의 굉음이 허공을 향해 어떤 때는 멀리, 어떤 때는 귀 옆을 스치듯 지나갔다. 몸은 파놓은 땅에 숨었지만 귀는 대기 속의 떨림 하나하나를 잡으려 애쓰면서 날을 새웠다.

공비들도 아군복장을 하고 있다니까 저녁 6시부터 다음 날 아침 6시까지는 움직이는 물체에 대하여 경고 없이 총을 쏘게 되어있었다. 대암산은 아래부터 7부 능선까지는

울창한 숲이 우거져 있어 나뭇가지 등으로 위장을 하고 있는 공비를 찾기란 여간 힘든 일이 아니다. 거기에다 산짐승이 많다 보니 뭔가 움직이면 긴장상태의 초병들이 무조건 쏘아대는 것이다. 산 전체가 죽음의 구름으로 뒤덮여 생사의 경계선이 불분명하기에 저녁 6시가 지나면 움직이는 그림자

조차 죽여야 할 대상이 되었다.

산에서 머무는 몇 주 동안, 건빵만 먹은 탓인지 소화가 안
되고 밥도 먹고 싶어서 점심때를 맞춰 친구와 함께 산 아래
야전취사장으로 내려갔다. 취사장은 산 아래 완만한 길옆에
가설되어있었고 많은 병사들이 취사장 주변 산자락에서 밥을
먹고 있었다. 밥은 찰떡처럼 질었지만 오랜만에 된장국을 맛
보며 입안에 무언가 씹는다는 것만으로도 행복감을 느낄 수
가 있었다.

식사를 마친 후, 길옆 옹달샘에서 친구와 물을 마시고 있는
데, 바로 옆에서 다른 부대의 일병 한 녀석이 수통 여러 개
를 들고 와서 물을 담는 것이었다. 어깨에 총을 메고, 여러
개의 수통을 들어야 하는 모습이 상당히 불편해 보였다.

잡담을 하며 친구와 걷고 있는데 문득, 조금 전에 봤던 일
병이 양손에 수통을 들고 옆에 다가와서 걷고 있었다.

오른쪽에는 친구가 있었고 왼쪽에는 그 일병이 걷고 있었
는데, 갑자기 그 일병의 어깨에서 소총 멜빵이 벗겨지면서
녀석의 총구가 내 배꼽부위 옷자락으로 들어왔다. 당황한 녀
석은 얼른 총을 잡아 고쳐 매면서 방아쇠를 당겨버린 것이다.
언뜻 바라본 내 옷자락 틈에서 뿌연 연기가 나는 그 순간,

"따다당"

총소리와 함께 나는 쓰러졌다. 숨을 멈춘 채, 한참을 땅바
닥에 누워 있었다.

얼마의 시간이 지났을까, 정신을 차리고 길에 누운 채로 내
배를 만져보았다. 몇 번을 만져봐도 피가 묻어나지 않아서
내가 살아있다는 것을 깨닫게 되었다.

내 옷자락이 총에 맞아 구멍이 나 있었고 사고를 낸 그 녀

석은 저만치 도망치고 있었다. 바닥에는 탄피가 3발 떨어져 있었고 같이 걷고 있던 친구는 얼마나 놀랐는지 길옆 숲에 머리를 박고 일어나지도 못하고 있었다. 내가 죽지 않은 것도 다행이지만 무엇보다도 오른쪽 산자락에서 밥을 먹고 있던 병사들 쪽으로 날아간 3발의 총탄에 누구 하나, 다치지 않았다는 것은 지금 생각해도 기적 같은 일이었다.

그런 일이 있은 지 며칠이 지난 10월 9일 한글날, 초저녁부터 산 전체에 안개가 산을 뒤덮었다. 달빛조차 막아선 그 안개는 숨을 쉴 수 없을 만큼 짙었고, 매복에 들어간 모든 초병들은 다른 때보다 더 긴장하며 눈과 귀에 온 신경을 집중하고 있었다.

밤 9시가 지날 즈음, 숲속 어딘가에서 요란한 총성이 울렸다. 공비 한명이 포위망을 뚫고 달아나려다 매복병에게 사살된 것이었다. 다음날 아침, 확인해보니 죽은 공비는 우리와 똑같은 복장에 일본제 양말과 속옷을 입고 있었고, 얼마나 많은 총을 맞았는지 온몸이 너덜너덜했다.

그 밤에 죽은 공비가 내 쪽으로 왔다면 내가 먼저 그를 쏘았을까? 아니면, 그가 먼저 나를 쏘았을까? 그 질문은 세월이 지난 지금에도 내 안에 남아있다.

한 달 이상, 수많은 병력을 동원했어도 나머지 공비들을 잡을 수 없었던 가장 큰 이유는 언론을 통해 부대의 작전상황이 노출되었기 때문이었다. 방송을 통해 작전상황을 알게 된 북한에서 공비들에게 무전을 통해 그 내용이 전달되었기 때문이었다고 했다. 이해할 수 없는 일은 거기에서 멈추지 않았다. 대암산에서 멀리 떨어진 파로호 근처 어떤 집의 부엌에서 밥이 없어졌다는 소리를 듣자, 군 당국은 대암산에 포위망을 풀어 화천 쪽으로 병력을 이동시켜버렸다. 국군의 보안이 얼마나 허술했으면 작전지역이 바뀌는 이유를 일개 사병인 나까지 알려진단 말인가.

갑작스런 작전 변경으로 좁고 험한 산길로 많은 차량이 이동하다보니 트럭이 낭떠러지로 굴러떨어지는 사고도 있었고 계속되는 아군 간의 오발 사고에 의해 아까운 목숨이 희생되기도 했다.

38선 이북지역은 6·25전쟁 이전에는 북한지역이었다. 우리 부대가 옮겨간 마을은 휴전선에서 멀지않은 곳에 있었고 남한도 북한도 아닌 중립지역처럼 느껴졌다.

왜냐하면, 마을회관을 비롯하여 그 어디에도 태극기를 볼 수 없었고 주민들의 옷차림 또한, 이 시대 사람들이 아니었다. 또한, 여자들은 결혼하여 외지로 전출이 가능하나 남자는 지역을 벗어날 수 없다고 했다. 이발소도 없어 집에서 가위로 머리를 잘랐는지 밀림속의 원주민처럼 보였다. 그뿐 아니라, 아무리 둘러봐도 식량을 얻을 만한 논밭이 보이지 않았기 때문에 어떻게 식생활을 이어가는지 궁금했다.

부대가 도착하자 마을을 대표한다는 어떤 어른이 나와 이곳은 논밭이 부족하여 곡식이나 채소 재배가 어렵다고 말하면서 군인들이 무나 배추 등, 작물에 손대지 말 것을 당부하였다.

군에서도 마을주민들에게 저녁 6시 이후에는 통행을 금지하니 협조해달라고 부탁했으나, 동네 청년들이 트럭에 실린 쌀과 라면을 보고 한밤중에 모여드는 것이 보였다. 달빛이 밝아 식량을 훔치는 모습이 또렷이 보였지만 병사들 중, 누구도 그들을 향해 총을 쏘지 못하였다.

마을회관 옆에는 오래된 발동기가 있어 그 기계 하나로 마을에서 필요로 하는 모든 동력을 사용하고 있었고 외부 접근이 어려운 산골이다 보니 민통선 아래 세상과는 모든 면에서 단절된 공간이었다.

사상은 무서운 것이다. 몇 년 전 이곳에 공비를 잡으러 작전을 나왔던 부대가 주민들이 숨겨준 공비에 의해 아군 부대장이 목숨을 잃었다는 이야기를 듣고부터는

"이곳이 우리나라가 아니다" 라고 생각하게 되었다.

10월 26일, 마을 근처 산속에서 매복 근무를 하고 있는데 몰래 듣던 라디오를 통해 대통령이 피살되었다는 것을 알게 되었다. 밤 10시경, 무전으로 작전 종료, 상황 끝, 이라는 소식을 접하게 되었고 2개월간의 무장공비 소탕작전은 겨우 1명을 죽이고 나머지 2명을 잡지 못한 채, 끝나고 말았다.

대통령이 중앙정보부장 김재규에 의해 피살된 이후, 국가는 연속 혼란에 빠져버렸다.

전두환이 일으킨 12·12사태로 인해 서울 한복판에서 아군 간의 총격전으로 수많은 젊은이들이 목숨을 잃는 안타까운 사건이 있었다.

이듬해 봄, 3월경에 처음 대간첩작전이 있었던 대암산에서 나무꾼의 신고로 낙엽 속에 묻혀있는 두 명의 무장공비 시체를 발견하게 되었다.

포위망을 빠져나가지 못한 공비들이 낙엽 속에 숨어있다가 굶어 죽은 것인데, 작전을 책임졌던 정보관계자들의 어처구니없는 대처로 대암산에 숨어있는 공비를 놔두고 엉뚱한 곳으로 많은 병력을 이동시킨 것이었다.

3. 사북사태

박정희 대통령이 김재규에 의해 살해된 이후에도 대학생들의 데모는 멈추지 않고 전국 여기저기에서 계속되었다. 특히 부산과 마산에 이어 전남에서도 군사정부에 대항하는 세력들의 모습이 뉴스의 절반 이상을 차지하였다.

계엄 상태였지만, 1980년 4월경 사북에서 광부들이 폭동을 일으켜 경찰들의 무기고가 털렸고 지역이 무법천지가 되었다는 소식을 듣게 되었다.

부대에서는 장갑차를 관리했던 나를 지목해 실탄 1200발을 실려 원주로 내려가라는 명령을 받게 되었다. 그곳에서 공수부대원들을 태우고 사북으로 들어가서 폭동을 일으킨 광부들을 진압하라는 명령을 받은 것이다.

사진 25 장갑차 앞에서

전역을 4개월 정도 남겨놓고 자칫하면 광부들의 총에 죽을 수도 있는 위험한 곳으로 가게 되었는데 각 연대가 1대씩 보유한 장갑차가 필요했던 모양이었다.

국가의 부름을 받고 적군과 싸우기 위해 군대에 온 것인데 국민의 세금으로 만들어진 총을 가지고 광부들을 쏴 죽이라는 것이 아닌가?

양구지역에서는 5대 정도의 장갑차가 아침 일찍 원주를 향해 출발하였는데 장갑차는 앞 유리가 없어 앞쪽에 뚫려있는 조그만 구멍으로 얼굴을 내놓고 운전을 하다 보니 바람 때문에 눈이 아파서 빨리 달릴 수가 없었다.

눈이 불편한 것보다 더 괴로운 것은 광부들을 향해 총을 쏘아야 한다는 것이었다. 명령을 받기는 그들이 폭동을 일으켜 파출소와 경찰서를 점령하였고 총과 수류탄으로 무장하여 국가에 반기를 들은 폭도이기에 무력으로 진압할 수밖에 없다고 하였다.

하지만 내 생각에는 불쌍한 광부들이 아무런 이유 없이 경찰서를 습격하고 폭동을 일으킨 것이 아니라 체불임금이나 부당한 노동환경 때문일 수 있다는 생각이 들어, 원주에 도착할 때까지 마음에 안정을 찾을 수가 없었다.

장갑차의 집결지는 원주에 있는 하사관 학교였다. 그곳에는 이미 11공수 대원들이 도착하여 훈련하고 있었고 명령만 떨어지기를 기다리고 있었다. 누워있어도 앉아있어도 내 마음속에 끊임없는 질문이 떠올랐다. 광부들보다 더 좋은 무기로 무장한 내가 과연, 저 불쌍한 광부들을 향해 총을 쏠 수 있겠는가?

수십 대의 장갑차에는 기관총이 설치되어 있고 차1대에 12명씩 공수 부대원들이 타고 있어, 총격전이 벌어지면 광부들의 희생은 불 보듯 뻔한 상황이었다.

어떤 이유가 됐든, 사람으로 태어나 같은 사람을 죽여야 한다는 현실이 슬펐고, 게다가 원한도 없는 불쌍한 광부들 가운데 누군가 내가 쏜 총탄에 목숨을 잃는다면 평생 가책을 안고 살아갈 수도 있다 생각하니, 밤에도 잠을 잘 수 없었다.

지역마다 불같이 번져가는 폭동에 대하여 군부는 더욱더 강경한 자세로 대응해 나가던 터라, 광부 몇 백 명쯤 죽이는 일에 명분은 얼마든지 만들어낼 상황이었다.

군에서는 저들을 꼭 죽여야 하는 대상임을 강조하는 교육이 반복되다보니 북쪽의 인민군보다 더 악한존재들인 것처럼 세뇌시키는 것이었다.

하루하루, 가슴을 조이며 일주일을 대기하였는데 협상이 잘 되었는지 광부들의 자진 해산으로 한바탕 전쟁을 치르려던 우리도 철수를 하게 되었다.

그로부터 한 달 후, 광주에서 폭동이 일어났다는 뉴스를 듣게 되었고 부대장은 우리를 모아놓고 광주에서 폭동이 일어났는데 진압을 위해 우리가 내려가면 전방을 비우는 꼴이 되기 때문에 진퇴양난에 빠졌다고 답답한 심정을 털어 놓았다.

결국, 전두환은 사북사태 때와 마찬가지로 공수부대를 동원하여 광주를 진압하게 되었고, 많은 사람들이 목숨을 잃는 슬픈 역사로 남게 되었던 것이다.

* 맺는 말

어쩌면 나보다 더 힘들게 군 생활을 했던 사람도 많으리라 생각된다. 하지만 내가 겪은 3년이란 시간은 정말 길었고 험난한 여정이었다.

젊은 시절 한때였지만 삶과 죽음, 구타의 고통, 살인을 생각하며 살았던 기억은 내 평생 잊을 수 없는 추억으로 남아 있는 것이다.

어머니를 생각하다 보니 살인충동을 참을 수 있었고 탈영을 했었지만, 무사히 부대까지 돌아온 일들을 필름으로 남길 수 있었다면 모든 사실들이 좀 더 생생하게 전해지지 않을까 생각해 본다.

만일, 탈영 도중 헌병에게 붙잡혀 연행되었더라면 지금 내 신세가 어찌 되었을까, 아니, 그보다 죽이고 싶었던 몇몇 고참들을 내 손으로 쏘아죽였다면 총살형을 당했을 나의 최후의 모습은 어땠을까 생각하며 쓴웃음을 지어본다.

일본선교

1. 참여동기

신앙생활을 오래 해왔지만 그저 주일이 되면 성경책을 들고 예배당을 가서 주보의 순서대로 진행되는 예배의식에 참여하는 형태를 반복해왔다.

그러던 가운데 마음속에서 교회에서 가르치고 주장하는 사랑에 관한 진정한 의미가 무엇일까 생각하게 되었다. 작은 나라에서 그것도 지방변두리에서 태어났고 학교공부도 제대로 하지 못했지만 어릴 적부터 들어온 하나님의 사랑에 대한 개념이 정확히 이해되지 못하였다.

선교를 외치는 한국교회와 성도들이 역사적으로 원한이 있다하여 선교대상국가에서 일본을 제외시키는 모순을 보며, 분명 성경적이 아니다 라고 생각한 끝에 일본에도 생명의 복음을 전해야겠다는 생각을 하게 되었다.

그런 감동에서 첫 번 단기선교에 참여했던 2001년 여름, 길거리에서 전도지를 나누어주며 "예수 믿으세요." 외칠 때에 어떤 이들은 마지못해 받기도 하고 어떤 이들은 외면했다. 그때, 내 눈에서 눈물이 흐르며 영혼들이 너무 불쌍하다는 생각을 했다.

교회도 별로 없고, 한국에서 흘러들어간 온갖 이단들의 영향으로 기독교에 대하여 부정적 이미지를 가지고 있음은 분명하다.

그래도, 일본성도들을 만날 때마다 소망을 느꼈고 하나님이 사랑하시는 영혼들이라는 확신을 가지게 되었다. 앞으로 효과적인 선교의 열매를 거두기 위한 연구와 노력에 힘써야겠다고 다짐한다.

2. 전도지를 만들게 된 동기

2005년경, 본인이 초교파 선교단체인 일본복음선교회 이사로 있던 시절, 제대로 만들어진 일본어전도지가 없어 전도지를 새롭게 만들어야겠다는 필요성을 느끼고 그림과 내용을 짧은 시간에 구성하여 만들었다. 이 전도지는 20년이 지난 지금까지도 일본으로 단기선교를 떠나는 한국의 각 교회 및 단체에 보급되어 일본전역에 노방전도용으로 사용되고 있다. 선교현장에서 사용된 이 전도지를 통하여 단 한사람이라도 주님께 돌아오는 사람이 있다면 먼저, 주님이 기뻐하실 것이고 나 개인적으로도 큰 보람이 아닐 수 없다고 생각한다.

전도지 내용

「まだ、チャンスはあります」
「아직, 기회는 있습니다」

* 人生は長くない〈인생은 길지 않습니다〉
長生きのために、あらゆる努力しても、最期の日は決っているのです。 大人になったら,幼いころのおもちゃなどが要らな

くなるように、年を取ったら美しい服や車などが要らない物になります。 死の前では持っている全てが要らない物になります。 だから、生きている間に死後の世界について知り、しっかりと準備しなければならないでしょう。 生まれるのは順番ですが、帰るのは天の神様の計画によるのです。

오래살기위해 온갖 노력을 한다 해도 마지막 날은 정해져 있습니다. 성인이 되면 어릴 적 장난감이 필요 없어지는 것처럼, 나이를 먹으면 아름다운 옷이나 자가용 등이 필요 없는 물건이 됩니다. 죽음 앞에는 갖고 있던 모든 것이 필요 없어집니다. 그러기에 살아있는 동안에 사후의 세계에 대해 정확히 알고 준비하지 않으면 안 된답니다. 순서적으로 태어난 인간이지만 돌아가는 것은 하나님의 계획에 따르게 되는 것입니다.

　* 罪と人間 〈 죄와 인간〉
　罪は何だと思いますか。 大体の人は、殺人、嘘、姦淫、盗むことなどが罪だと思うでしょう。 でも、聖書ではこれら以外に神様を信じていないこと、人間の手で造った他の神様に仕えることが大きな犯罪だと言われています。 この世はいろんな罪の雲に覆われています。 それはわたしたちの目で見えない悪霊が占めており、人間はこの悪霊に誘惑され、罪を犯してしまうのです。 だから、生きている間に、この罪の問題を解決しなければなりません。 聖書は罪人である人間がどうやったら赦されるか教えてくれます。

　죄가 무엇이라 생각하십니까? 많은 사람들은 살인이나 거짓말, 간음, 도적질 등 이라고 생각하지요. 하지만 성경에서는 이것들 외에 하나님을 믿지 않는 것과 인간의 손으로 만든 신을 섬기는 행위를 큰 죄라고 말하고 있습니다. 이세상은 여러 가지 죄악의 구름에 덮여있습니다. 그것은 우리의 눈에 보이지 않는 악한 영이 지배하고 있고 인간은 그 악령의 유혹에 빠져 죄를 범하는 것입니다. 그러기에 살아있는 동안에 죄 문제를 해결하지 않으면 안 됩니다. 성경은 죄인된 인간이 어떻게 해야 사함을 받는지 가르쳐주고 있습니다.

　* 天国と地獄 〈천국과 지옥〉
　　死後、動物や植物に生まれ変わることなどはありません。生きている間に、イエス様をを信じたか否かによって、あなたの帰るところが決るのです。　聖書では天国がどんなにすばらしいところか、地獄はどんなに怖いところか詳しく説明しています。　天国を自分のものにするためには、イエス・キリストを信じ、救い主として受け入れなければなりません。　神様の御子であるイエス・キリストは我々の罪のため、十字架につけられました。　私たちがそのことを信じたとき、罪は赦されるのです。

　사후, 동물이나 식물로 환생하는 일은 없습니다. 살아있는 동안 예수 그리스도를 믿었느냐 안 믿었느냐에 따라 당신의 돌아갈 곳이 정해지는 겁니다. 성경에서는 천국이 얼마나 아름다운 곳이며 지옥이 얼마나 무서운 곳인가 자세히 설명해 주고 있습니다. 천국을 얻기 위해서는 예수 그리스도를 믿고 구원의 주로서 받아들이지 않으면 안 됩니다. 하나님의 아들이신 예수 그리스도는 우리의 죄 때문에 십자가에 달리신 겁니다. 우리가 그 사실을 믿을 때, 죄는 사해지는 것입니다.

* 道は一つだけ〈 길은 하나밖에〉

　イエス様は私が道であり、真理であり、命だと言われました。　イエス様を信じること以外に天国に行く方法はありません。　主イエスを信じると、今までの罪が全部赦されます。　イエスさまにお祈りしてください。滅びの道から救われます。

　今、あなたの悩み、苦痛、あらゆる問題をイエスの前に告白しましょう。　イエス様はあなたの叫びをお聞きになります。イエス様はあなたを教会で待っておられます。　今すぐ、教会の牧師先生を訪ね、相談してください。　まだチャンスはあります！！

　예수님은 내가 길이요 진리요 생명이라고 말씀하셨습니다. 예수를 믿지 않고는 천국에 갈 방법은 없답니다. 예수님을 믿으면 지금까지의 모든 죄를 사함 받고 새로운 인생이 시작되는 겁니다. 예수님께 기도하세요. 멸망의 길에서 구원받습니다. 지금 당신의 번뇌, 고통, 온갖 문제를 예수님 앞에 고백해보세요. 예수님은 당신의 부르짖음을 듣고 계십니다. 예수님은 당신을 교회에서 기다리고 계십니다. 지금 곧, 교회의 목사님을 찾아뵙고 상담하시기 바랍니다. 아직 기회는 있답니다!!

　〈맨 뒷면〉

　神に近づきなさい。　そうすれば、神はあなたがたに近づいてくださいます。（ヤコブ　4：8）

　"하나님을 가까이하라, 그리하면 하나님이 너희를 가까이하시리라. (약4:8)

　※イエス·キリストはこの世に貧しい人や病気の人、失敗した

人に希望を与え、その御名を信じる人に永遠な命を約束します。教会に行くことによって新しい人生が始まります。

　※ 예수그리스도는 이 땅에 가난하고 병들고 실패한 인생들을 찾아 자신을 소망으로 주시고 그 이름을 믿는 자에게 영원한 생명을 약속하십니다. 교회를 향한 마음과 발걸음으로 당신은 새로운 인생을 살게 될 것입니다.

　発行 : 韓国日本福音宣教会 www.kjem.com / kjem153@hanmail.net
　T. 02-3473-1772,3K.P.O BOX 1550SEOUL 110-615 KOREA

표 1 전도지 앞 뒤

타작마당

　콧노래 부르며 힘차게 풍구를 돌리니
쭉정이는 날아가고
탐스런 알곡으로 내 마음이 채워진다.

한 톨 한 톨에 섞인 한여름의 땀방울이
손바닥에 묻어날 때
타작마당의 노래는 더욱 흥겨워라 (2009.11)

들깨수확

여린 싹을 심을 때, 오랜 궂은 날씨를 생각할 때,
이렇게 통통하게 영근 씨알은 기대하지 못했는데
어디서 왔을까
온 밭에 가득한 고소한 향기가
가을바람과 함께 멀리멀리 퍼져가는 저녁무렵
공들여 돌보지도 않았는데
풍성한 수확을 주신 분을 향해
난 일손을 잠시 멈추고 감사의 기도를 드린다. (2010.10)

미운 오리새끼

동쪽으로 간들 누가 나를 기다리며
서쪽으로 간들 누가 나를 반기는가

친구도 떠나가고 고향도 외면하니
스산한 바람불땐 너무도 외로워라

넓은 주둥이에 돼지같은 목소리
기우뚱 걸음걸이 그 누가 좋아할까

달도 나를 싫다하고 해마저 등돌리니
꿈에 본 작은 연못 더없이 그리워라

* 너무나도 솔직한 어떤사람의 나의 외모(얼굴)를 지적하는
전화에 갑자기 대답할 말이 떠오르지 않아 "못생겨서 죄송합
니다." 라고 답한 후에 쓴 글(2014. 8. 14. 作)

콩타작

　콩을 심어놓은 이래 타작할 걱정에 항상 마음이 무거웠다. 가끔씩 치료는 받았지만 아픈 어깨는 좀처럼 나아지지 않았다. 이렇게 아픈데 종일 도리깨질을 어떻게 해야 하나 걱정이 앞섰다. 날씨도 썰렁하지만 습관처럼 하루일과를 형통케 해 달라 기도했다.

　기도가 끝나자마자 얼마 안 되어 이웃에 농사짓는 조판수가 미뤄놓았던 콩타작을 하러 기계를 싣고 지나가며 자신들의 콩 타작은 오전에 끝나니 오후에 빌려줄 수 있다고 했다. 정말 반가웠다. 즉시 달려가 박카스를 몇 개 건네주었다. 아무튼 이 기계 덕분에 몇날 며칠을 고생할 뻔했던 일을 두 시간여 만에 끝낼 수 있어 여호와이레의 하나님께 감사했다. 이 날 타작한 콩이 160키로 이상 되었고 추수감사주간이라 그런지 너무 감사했다. (2013. 11. 16 일기 중에서)

三角関係

　おもしろいことと言うか寂しいことと言うか僕には忘れられない思い出がある。まるで映画みたいな事実だが今もはっきり覚えている。　軍隊の問題は韓国人として避けることができないことである。

　人によっていろんなエピソードがあると思う。

　僕が軍隊にいたとき同じ陣営で生活していた四十人の内、一番親しかったKとCという友がいた。彼らは出身地域も違うし、その時まで一回も会ったこともない関係だったのだ。

　我らは厳しい環境で山道を運転していたので毎日不安がつづき,事故も日常茶飯事だった。一日の仕事が終わって陣営に戻ると「助かった」と言いながらお互いに励ましたりした。

　1978年夏のある日、二人の友達が出かけている時にMという女の子から手紙が届いた。僕は発信者の名前を見たときびっくりしてしまった。宛先は確かにKのものだったが女の名前はCの恋人の名前だったのだ。Cは僕に何回も自分の恋人について自慢していた。もちろん彼女からの便りも待ち焦がれているところだった。

　全国六十万以上の軍人の内、彼女の二人の男が同じ場所でもう友達になってしまったのだ。最初はちょっと迷ったがもし同じ名前で他の人がいるかも知れないと思ってKに渡した。

　恋人から手紙をもらったKはとても喜んでその手紙に接吻したり一日何回も読んだりして皆に見せながら自慢した。

　彼女から二回目の手紙が届いた頃、最初から自分の恋人だと

いうことを気づいていたCは僕にあり得ないことだと言いながらがっかりした。

　僕はCに言った。「君は男だ、彼女がKを選んだのが確かなことだ。過去のことは全部、水に流して早く忘れた方がいいじゃない」と言った。

　ある日、彼女が休暇を取って山奥の陣営まで訪ねて来るという便りが来た。心のなかで泣いているCの前でKはうきうきしていた。Cは寂しい表情で僕に相談した。遠くからでもいい、顔だけ見せてほしいと言った。たが、僕は「男らしくない行動だ、やめろ」と言った。

　毎日KはCに愛してるから私たち結婚するつもりだとか彼女の写真も見せながら次は彼女の両親を訪ねるつもりだ」という話をしたのだ。

　ある日、Cは酔っぱらいになってKに全部打ち明けてしまった。

　結局、そのことが彼女に知られて二枚の最後の手紙が二人の男に飛んできた。「本当に申し訳ない、でもあなたたちを愛したのは事実だった」と彼女は言った。

　その後、活発な性格のKはすぐ忘れたようだが神経が細かいCは我らが別れるまで彼女に裏切られて悔しいという話を飲み会ごとにつぶやいた。

　どちらがいいかと思って二股をかけることは悪いことだとは言えないが、裏切られた男の傷は、彼の人生でどれぐらい影響を与えたのか分からない。

삼각관계

재미있다고 해야 할까, 서글프다고 해야 할까, 나에게는 잊을 수 없는 추억이 있다. 마치, 영화와도 같은 사실이 지금도 또렷이 기억에 남아있다.

군대문제는 한국인으로서 피할 수 없는 일인 것이다. 사람에 따라 여러 에피소드가 있을 수 있다고 생각한다.

내가 군대에 있을 때, 같은 내무반에서 생활하던 40명중에 제일 친했던 강도영과 최교영이라는 녀석이 있었다. 그 녀석들은 출신지역도 다르고 이제껏 한 번도 만난 적도 없는 관계였다. 우리들은 매일 험준한 산길을 운행해야하기에 불안한 나날을 보내고 있었고, 자주 사고를 당하곤 하였다. 하루 일과를 마치고 내무반에 돌아오면 "살았다" 하면서 서로 위로해주곤 했다.

1978년 여름 어느 날, 두 녀석이 자리를 비웠을 때, 문인숙이라는 여자로부터 편지가 왔다. 나는 발신자의 이름을 보고 깜짝 놀라고 말았다. 수신인이 강도영이라고 써 있었는데, 그 여자이름을 봤을 때, 최교영의 애인이름이었기 때문이었다. 최교영은 여러 번 자신의 여자 친구에 대해 이야기를 했었고, 애인으로부터 소식을 눈 빠지게 기다리고 있었다.

전국 60만 이상 되는 군인 중에 그녀의 두 남자가 같은 장소의 친구가 되어버렸다는 이야기이다. 처음엔 조금 망설이다가 같은 이름의 타인일 수도 있다 생각하여 강도영에게 편지를 건네주었다. 애인에게 편지를 받은 강도영은 뛸 듯이

기뻐했다. 편지에 연신 입을 맞추며 하루에 몇 번이나 읽으면서 모두에게 보여주고 자랑하는 것이었다.

그녀로부터 두 번째 편지가 왔을 때, 처음부터 자신의 애인이라는 것을 눈치 챘던 최교영은 있을 수 없는 일이라면서 풀이 죽어버렸다. 나는 최교영에게

"넌 남자야, 그녀가 강도영을 선택한 것이 확실하니까, 과거일은 전부 잊어버리는 게 좋지 않겠니." 라고 말했다.

어느 날, 그녀가 휴가를 내서 산골짜기 부대까지 찾아오겠다는 소식이 왔다. 강도영은 맘속으로 울고 있던 최교영을 앞에 두고 신나서 어쩔줄 몰라 했다. 최교영은 슬픈 표정으로 어떻게 하면 좋겠냐고 나에게 물었다. 그러면서 "멀리서라도 좋으니 얼굴만이라도 보고 싶다."고 했다.

난 말했다. "야, 그건 남자답지 못한 행동이야, 그만둬." 라고 했다.

매일, 강도영은 최교영에게 "그녀를 사랑하니까 결혼할 생각이다" 라며 사진을 보여주면서 다음엔 그녀의 부모를 찾아뵐 생각이라는 말까지 했다.

그러던 어느 날, 최교영은 술에 취하여 강도영에게 속내를 다 털어놓게 되었다.

결국, 그 일이 그녀에게까지 전해지자, 마지막 두 통의 편지가 두 녀석에게 날라 왔다.

"정말 미안해, 하지만 너네 들을 사랑한 것은 사실이었어" 라고 했다.

그 후, 활발한 성격의 강도영은 금방 잊어버린 것 같았지만, 꼼꼼한 성격의 최교영은 우리들이 헤어질 때까지도 "배신당한 것이 너무 분하다" 면서 술 마실 때마다 중얼거렸다.

어느 쪽이 좋을까하여 양다리 걸치는 일이 나쁘다고는 할 수 없지만, 배신을 당한 남자의 상처는 그의 인생에서 얼마만큼의 영향이 끼쳐지는지 모르는 것이다.

○ 이 작품의 설명

이 글은 2003년경에 먼저 일본어로 쓰고 후에 한글로 번역한 작품이며 실화이다. 1978년 군 시절의 추억을 더듬어 기록한 내용이다. 2007년 일본에서 국문학을 전공하고 국립 한밭대학교 일본어과 교수로 재직하던 데라시다 교수에게 이 작품을 소개하여 자신의 수업자료로 쓸 수 있게 해 달라는 요청을 받고 수락한 작품이기도 하다.

사람들이 흔히 말하는 삼각관계의 원조가 될 만한 이야기라고 생각하며, 이러한 남녀 간의 문제는 오늘의 시대에도 계속 나타나고 있을 것이라 생각된다.

하이쿠

無駄足で
　　昨夜の雨に
　　　　濡れた服

大阪産業大学　李在周

　그동안 머릿속에 머물러있던 내용을 575조의 하이꾸로 표현한 詩이다.

　직역하면
　"지난밤에 헛걸음을 했는데 내린 비에 옷이 젖어 버렸다." 란 내용이다.
　가랑비가 내리던 그 밤에 옷이 젖는 줄도 모르고 누군가를 기다리다 헛걸음으로 돌아서는 모습을 상상하며 쓴 글이다. 사람이 사람을 연모할 때 감정을 17자의 글로 표현하고자 했다. 2005년경에 이 시를 썼고 2009년 오사카 산업대학에서 이 작품을 제출했다.

은혜

주께서 호흡을 주시니
이는 여호와의 생기라
하늘을 여시고 일용할 양식을 주시니
이는 내게 내려주시는 만나로다
주께서 기회를 주시니
이일 저 일을 행케 하시는도다
기회 없는 자들은 흙속으로 사라져가나
나는 주의 일을 행하는도다
생기로 숨을 쉬고
하늘양식으로 힘을 얻으며
기회 주셔 그분의 일을 행하니
하루하루가 천국생활이로다

2020. 06. 26

모두 듣기 원하네

모두 듣기 원하네 주님의 그 음성
언제나 들려주실까 내 마음을 녹이는 그 한마디
"사랑하는 아들아"
그 소리를 들은 것이 언제였든가
부드러운 그 음성 들리는 곳에
내 마음과 발걸음이 향하기 원하네

이 삭막한 세상에서 누가 나를 향해
사랑한다 말해줄까
외모도 생각도 굳어버린 추한 나에게
그분은 말씀하시네
나를 지나치는 그 사람과 내 곁에 머물던
그 친구의 입을 통해

나는 늘 달콤한 소리를 듣기 원했지
뻔한 칭찬에 즐거워했고
사람들이 치켜세워줄 때 우쭐했었지
항상 내가 하는 일이 올바르다 생각하고
타인의 어리석음을 지적했었지

그러나 주님은 말씀하시네
이 고요한 새벽에 나를 깨우시고

생각을 통해 이 글을 쓰는 손가락을 통해

"아들아, 네 마음을 청년의 때 모습으로 돌이킬 수 없겠니?

순수했던 네 모습을 다시보고 싶단다."

2024/12/6 02:52

편집자의 글

『두 번째 인생』은 단순한 체험담 그 이상입니다. 이 책은 이재주 장로님께서 하나님과 동행하며 살아오신 귀한 발자취를 담은 신앙의 기록이며, 동시에 믿음으로 세운 교회 건축의 감동적인 이야기입니다. 하나님의 놀라운 인도하심으로 '포도밭의 기적'이 이루어진 사건을 이 책은 진솔하게 증언하고 있습니다.

장로님의 고향 이야기와 젊은 날의 추억을 따라가다 보면, 모태신앙으로 자라며 한결같이 주님을 의지한 삶의 깊은 뿌리를 느낄 수 있습니다. 고된 삶의 현장 속에서도 하나님께 귀 기울이며 걸어온 그 여정은 오늘날 우리 모두에게 큰 울림을 줍니다. 또한 일본 선교 사역에 대한 기록과 더불어, 하이쿠를 비롯한 일본어 글들과 그 번역본이 함께 실려 있어, 언어의 장벽을 넘은 복음의 확장 또한 엿볼 수 있습니다. 이는 장로님께서 얼마나 정성스럽게 선교지의 문화와 언어를 배워가며 복음을 전하려 애쓰셨는지를 보여주는 귀한 증거이기도 합니다.

포도밭의 흙 한 줌까지도 주님의 손길이 머문 자리였음을 고백하는 이 책이, 독자 여러분의 삶에도 같은 믿음의 씨앗을 심어주기를 소망합니다.

하나님께서 이재주 장로님의 삶을 통해 이루신 놀라운 일들을 나누게 되어 기쁩니다. 이 책을 읽는 모든 분들의 마음에 하나님의 은혜가 깊이 새겨지기를 기도합니다.

- 진달래출판사 대표 오태영